볼리비아 우표

볼리비아 우표 2 (큰글씨책)

초판 1쇄 발행 2020년 3월 25일

지은이 강이라
펴낸이 강수걸
편집장 권경옥
펴낸곳 산지니
등록 2005년 2월 7일 제 333-3370000251002005000001호
주소 부산광역시 해운대구 수영강변대로 140 BCC 613호
전화 051-504-7070 | 팩스 051-507-7543
홈페이지 www.sanzinibook.com
전자우편 sanzini@sanzinibook.com
블로그 sanzinibook.tistory.com

ISBN 978-89-6545-036-8 04810
978-89-6545-034-4 (세트)

* 책값은 뒤표지에 있습니다.
* 이 도서의 국립중앙도서관 출판예정도서목록(CIP)은 서지정보유통지원시스템 홈페이지(http://seoji.nl.go.kr)와 국가자료공동목록시스템(http://www.nl.go.kr/kolisnet)에서 이용하실 수 있습니다.(CIP제어번호: CIP2020011516)

강이라 소설집

볼리비아 우표 ❷

산지니

차례

스위치

스위치를 누릅니다.

타닥, 오래된 LP판 튀는 소리가 납니다. 반짝, 밝아졌던 방 안이 이내 다시 어두워집니다. 필라멘트가 나간 것일까요. 탁, 탁. 몇 번이나 스위치를 다시 눌러봐도 반응하는 빛은 없습니다. 그대로 방 안, 정확하게는 방 입구에서 꼼짝없이 어둠에 묶여 있습니다. 어둠을 흡수한 내 동공이 잔량의 빛으로 사물을 식별할 수 있을 때까지 그저 기다려야 합니다. 우두커니 서 있습니다. 손으로 더듬어 몇 걸음만 옮기면 커튼으로 닫힌 창까지 어렵지 않게 이를 테지만 나는 기다립니다. 절벽을 향해 내딛는 발걸음으로 이 방까지 왔고 판도라의 상자를 열 듯 스위치를 눌렀습니다. 미처 쏟아져 나오지 못한 재앙이, 바닥의 희망과 함께 다시 어둠 속에 파묻혔지만 이미 내 몸은 두려움에 떨고 있습니다. 너무 질끈 감았던 탓에 오른쪽 눈꺼풀이 파르르 떨립니다. 가죽 장갑을 벗고 중지로 눈꺼풀을 지그시 눌러줍니다.

뒤끝 있는 겨울이라 장갑을 끼었음에도 손끝은 차갑습니다. 어쩌면 다행일지도 모릅니다. 환한 형광등 아래 드러날 이 방의 속살을 거리낌 없이 바라볼 자신이 나에겐 없으니까요. 아마도 5시 반쯤 되었을 겁니다. 곧 해넘이가 시작될 시간입니다. 스며드는 오후의 남은 볕만으로도 이 방을 둘러보기엔 충분합니다. 어차피 이 방에서의 시간은 십 분이면 족합니다.

향기라고 해도 좋을지 모를 야릇한 냄새가 납니다. 가까운 벽면에 헤이즐넛 향 방향제가 걸려 있을지도 모릅니다. 성글게 짠 주먹만 한 주머니 안에 진짜인지 가짜인지 모를 커피콩들이 잔뜩 들어 있는 싸구려 방향제일 겁니다. 동네 천 냥 마트에서 샀겠지요. 코끝이 싸할 정도로 잔향이 맵습니다. 산 지 얼마 되지 않았나 봅니다. 다시 방 밖으로 나갈 수는 없으니 일단은 창문을 열어야겠습니다. 머리가 아픕니다.

천천히 눈을 뜹니다. 서너 번 눈을 깜박여봅니다. 방의 윤곽이 희부옇게 드러납니다. 신발을 벗고 방 안으로 올라섭니다. 어둠을 더듬으며 대여섯 걸음 나아갑니다. 커튼 자락이 잡힙니다. 두툼한 암막 커튼입니다. 빛이 완전히 차단된 이 방은 춥고 습한 음지 같습니다. 머뭇거림 없이 커튼 자락을 젖힙니다. 늦은 오후의 햇살이 여과 없이 깊숙이 쏟아져 들어옵니다. 어둠이 빛과 그림자로 분리됩니다. 공중에서 먼지들이 부유합니다. 숨을 머금고 불투명 유리창을 엽니다. 거친 마찰음과 함께 겨울바람이 급습하듯 밀려듭니다. 참았던 숨을 내뱉습니다. 찬 공기에 부르르, 날갯짓하듯 온몸을 털어냅니다. 하나, 둘, 셋…… 일곱. 가로로 약 십 센티미터 간격으로 박혀 있는 쇠창살은 창밖의 세상을 여덟 조각 냅니다. 방범을 위한 쇠창살은 오히려 방을 작은 감옥으로 만듭니다. 이 층 창가에서 조각난 세상을 내다봅니다. 원룸 바로 아래로 보이는 놀이터에서 두 아이가 시소를 타고 있습니다. 이등분의 조각 속에서 시소의 양쪽이 오르락내리락 움직입니다. 창문 여는 소리를 들었는지 아이 하나가 올려다봅니다. 그 아이에게도 나는 두 조각일 것입니다.

방바닥으로 그림자가 길게 늘어집니다. 짧은 커트 머리에 무릎 아래까지 오는 코트, 그리고 한 손에 들린 장갑 두 짝이 그대로 오목 판화처럼 찍힙니다. 고개를 듭니다. 아아…… 아주 작은 방입니다. 방이 곧 집인 작은 원룸입니다. 보통 걸음으로 다섯 발짝이면 맞은편 벽에 다다르는 정사각형에 가까운 방입니다. 좀 전까지 내가 서 있던 현관 옆으로 욕실 문 같은 어두운 체리색 문이 닫혀 있고 그 옆으로 짧은 동선의 싱크대가 보입니다. 조리대도 없이 가스레인지와 좁은 개수대만 있는 옹색한 부엌입니다. 개수대 옆으로는 허리까지 오는 작은 냉장고가 있고 그 위로 찻잔 하나가 덩그러니 놓여 있습니다. 허리가 잘록한 모양에 자잘한 이파리 문양이 주인의 취향을 보여줍니다. 하나의 컵은 이 방을 드나드는 사람이 없음을 알게 합니다. 상부장에 다른 컵이 더 있을지는 모르겠지만 그것 또한 이 방의 주인이 쓰는 것이겠지요. 아마 내 짐작이 맞을 겁니다. 찻잔 세트라니요. 이 집, 이 방에서는 불필요합니다.

오른쪽 벽면의 창 쪽으로 싱글 침대가 놓여 있습니다. 반듯하게 개어 놓은 먹자주빛 극세사 이불에는 애기 손바닥만 한 흰 꽃이 드문드문 피었습니다. 목단 같기도 하고 목화솜 같기도 합니다. 같은 무늬의 베개는 가운데가 옴폭하니 꺼져 있습니다. 뻗던 손을 거두어들입니다. 톡톡 쳐주면 베개는 처음의 모양으로 되돌아가겠지만 그게 무슨 소용 있을까요. 가장자리에 붙은 짧고 희끗한 머리카락 한 올을 집어 듭니다. 내가 되돌리고 싶은 것은 따로 있습니다.

왼쪽으로는 삼단 서랍장과 싸구려 원형 스툴이, 그 옆으로는 전신 거울이 벽에 비스듬히 세워져 있습니다. 서랍장 위에는 스킨, 로션, 에센스, 영양 크림 같은 기초 화장품 외에도 아이섀도, 마스카라, 립스틱 등등의 색조 화장품이 꽤 있습니다. 사각 크리넥스 티슈 옆에 놓인 클렌징 크림의 뚜껑이 비뚜로 닫혀 있습니다.

화장대에서 기역자로 꺾이는 구석, 싱크대의 왼쪽으로는 문 두 개짜리 옷장이 있습니다. 진초록 바탕에 원목으로 테두리를 두른, 동네 가구점에서 일이십만 원이면 흔히 살 수 있는 그런 평범한 옷장입니다. 이 원룸에 딸린 옵션일지도 모릅니다.

한눈에 다 들어오는 이 작은 방에 나는 이렇게 들어와 있습니다. 며칠 전까지만 해도 생각도 못한 일입니다. 눈을 감고 숨을 고릅니다. 찬 숨 사이로 달짝지근한 분 냄새가 섞이어 듭니다.

지금, 여기는 남편의 방입니다.

나는 남편을 사랑했습니다. 남편이 나를 사랑했는지는 모르겠습니다. 사랑했을 수도 있겠지요. 동료 교사의 소개로 남편을 만났습니다. 남편은 조선소의 설계팀에 근무하고 있었습니다. 6남 1녀 중 막내아들이고 둘째 형 내외가 고향에서 부모님을 모시며 살기에 시집살이에 대한 부담이 적은 집이었습니다. 아래 여동생까지 시집을 간 터라 남편만 결혼하면 걱정이 없을 그런 평범한 집의 막내아들이었습니다. 말이 없고 잘 웃지 않는 남자였습니다. 경상도 남자라 그러려니 했지만 뚜렷한 호감도 보이지 않길래 퇴짜를 놓을 생각이었습니다. 다음 날 남편에게서 전화가 왔습니다. 중매쟁이가 세 번은 만나보라고 어르고 달래는 중이었기에 딱 두 번만 더 볼 생각으로 만나기 시작한 게 연애가 되었고 결혼으로 이어졌습니다. 첫인상과 달리 남편은 자상했습니다. 꽃집을 지나다가도 제철인 수국이나 프리지아를 보면 사양을 하는데도 굳이 한 다발을 사서 내 품에 안겨주었지요.

연경 씨. 꽃이 참 예쁘죠. 꽃에도 성별이 있다면 분명 숙녀일 거예요.

남편은 세 살 아래인 나에게 늘 존댓말을 썼습니다. 윗사람은 물론이고 아랫사람에게도 늘 존대를 하는 건 남편에게 있어 타인을 존중하기 위한 자기 나름의 율법이었습니다.

여자도 남자도 아니고, 그렇다고 소녀도 아니고. 왜 숙녀예요?

여자, 남자란 말은 너무 객관적이고 직선적이잖아요. 소녀는 덜 여문 꽃봉오리에 가까워요. 아직 만개하지 않은, 여분의 아름다움을 숨겨둔 숙녀가 제일 잘 어울리지 않을까요.

낭만적 사유를 즐기지 않는 나는 심드렁했지만 남편은 그 뒤로도 내 생일이나 결혼기념일이면 꼭 선물과 함께 꽃을 사 들고 왔습니다.

결혼 후에도 남편의 다정함은 변하지 않았습니다. 소개해준 동료 교사가 소개비를 이십 년 할부로 받아야겠다고 농을 던질 정도였으니까요. 화장대 위의 스킨이나 로션이 바닥을 보일 때면 남편은 언제나 향이 좋은 새 제품으로 미리 바꿔주었고 끈적임이 싫어 잘 바르지 않는 보디로션도 장미 향, 머스크 향, 자몽 향으로 종류별로 사두었습니다. 그리고 씻고 나오는 나를 침대 끝에 앉히고는 길고 가는 손으로 허벅지에서 종아리, 어깨와 손목까지 마사지하듯 부드럽게 발라주었습니다. 은은한 꽃향이 좋다며 남편도 같이 바르기도 했습니다. 나는 여자 바르는 걸 왜 바르냐고, 남자에게서 여자 향 나는 것도 흉하다고 질색했지만 남편은 그 보들보들한 로션의 살가움을 이상할 정도로 좋아했습니다.

남편은 홈쇼핑을 즐겼습니다. 보는 것만큼 사는 것도 좋아했습니다. 하지만 특이하게도 먹거리나 남성용품이 아닌 나와 딸의 옷이나 화장품을 사는 데 관심이 더 많았습니다. 외국인 모델이 입은 속옷이 보기 민망하지도 않은지 남편은 치수와 디자인까지 꼼꼼히 체크하며 내 란제리를 주문하기도 했습니다. 그것뿐일까요. 앵클부츠, 재킷, 머플러, 파우치와 세트인 핸드백까지. 아내인 나의 물건을 남편의 취향대로 사는 게 못마땅해 흉이라도 볼라치면 주위 사람들은 복에 겨운 투정 말라며 퉁을 주었지요. 맞습니다. 남편의 사랑에 나는 행복했습니다. 아내를 위해 화장품을 사고, 아내를 위해 보디로션을 발라주고, 아내를 위한 속옷을 주문하는 남편이 어디 그리 흔할까요? 남편은 나보다 더 나를 위해주었습니다. 나를 사랑해서 그런 줄로만 알았습니다.

불길한 전화는 밤에 걸려 옵니다. 쉰을 넘긴 후부터 늦은 밤, 잠자리에서 받는 전화는 누구의 사고, 누구의 죽음을 알리는 것이 대부분이어서 가슴부터 조여듭니다. 그날의 전화도 아주 늦은 시간에 걸려 왔습니다. 정확히 밤 2시 52분이었습니다. 전화를 받을 때는 시간부터 확인하는 습관이 있습니다. 수화기를 들기에 앞서 벽시계를 올려다보았습니다. 쉬 잠이 오지 않는 밤이었습니다. 차 한 잔을 마실 생각에 라벤더 티백을 꺼내며 물이 끓기를 기다리고 있는 중이었습니다.

여보세요. 정경환 씨 댁 맞습니까? 부인 되시나요?

그런데요. 어디시죠?

경찰서입니다. 놀라지 말고 들으세요.

삐이익, 새된 소리에 나는 소스라쳤습니다. 주전자 주둥이로 뜨거운 물이 넘치고 있었습니다.

교통사고로 남편분이 많이 다치셨습니다.

남편의 사고 소식보다도 주전자 소리에 더 놀랐습니다. 넘치는 주전자의 물을 닦아내는 것보다 이 밤에 그곳까지 세 시간이 넘는 거리를 차를 몰고 가야 하는 상황이 더욱 성가십니다. 거절하기 어려운, 내키지 않는 부탁을 받은 기분입니다. 정말 급하지 않다면 내일 아침에 가도 되겠냐 물으려다 목구멍으로 삼킵니다. 아내라는 여자가 사고를 당한 남편을 두고 하기에는 너무 매정하게 들릴 질문입니다. 요즘 부쩍 안구건조증이 심해서 장시간의 운전은 너무 피곤합니다. 손에 들린 티백을 뜯으며 차는 마시고 가야겠단 생각을 합니다. 인공누액도 챙겨야 하구요.

횡단보도를 건너다 사고를 당하셨습니다. 운전자의 신호위반인데 무면허더군요. 운이 나빴습니다.

대학병원 중환자실 앞에서 M자의 선명한 이마 라인을 가진 담당 형사가 손바닥으로 턱과 얼굴을 반복적으로 문지르며 말을 건넵니다. 손가락 안쪽 마디가 허옇게 일었습니다. 더 트기 전에 얼른 로션을 바르면 좋으련만.

그런데 말이죠. 좀 이상한 게 있어서요. 현장에 출동했던 경찰관이 아주 요상한 말을 하더군요.

답하지 못할 질문을 받을 것 같습니다.

경찰이 사고현장에 도착했을 때 남편분은 사고 차량에 치여 멀리 튕겨 나가 있더랍니다. 운전자는 차에서 내리지도 못하고 덜덜 떨고 있고요. 오밤중에 인적 없는 도로에서 갑자기 당한 일이니 흔한 말로 멘붕이었겠죠. 흠흠. 중요한 건 말이죠. 경찰이 쓰러져 있는 남편분의 상태를 살피는데 그게 말입니다. 아, 참 말하기 곤란하네. 글쎄 남편분이…… 화장을 하고 원피스를 입고 있더랍니다. 꼭 여자처럼요. 어두워서 처음엔 여잔 줄 알았다더라고요. 신분증의 주민번호는 분명 1로 시작하는데 말이죠. 부인. 부인. 괜찮으세요? 놀라셨습니까?

아닙니다. 사람은 이미 아는 일에는 놀라지 않습니다. 몰랐던 일에 놀라고 쓰러지고 웁니다. 어지럽습니다. 중환자실 문에 팔을 기대고 이마를 얹습니다. 담당 형사는 곤혹스런 표정으로 나를 보고 있습니다. 더 많은 질문을 받기 전에 대답해야 합니다. 뭐라고 대답해야 좋을까요. 네. 남편은 그런 사람입니다.

나의 아내, 주연경 씨.

여보. 세희, 세준 엄마. 연경 씨.

당신을 부를 수 있는 호칭이 참으로 많군요. 결혼 이후 줄곧 당신을 여보로만 불렀는데 한 번쯤은 세희 엄마, 세준 엄마라고 불러봐도 좋을 걸 그랬소. 귀한 자식을 낳아준 당신에게 세희 엄마란 호칭은 또 하나의 경외가 될 수 있을 거란 생각이 듭니다.

세희를 낳았을 때가 생각납니다. 당신이 처음 임신 소식을 알렸을 때부터 딸이기를 간절히 바랐습니다. 별처럼 반짝이는 지혜를 갖기를 바라는 마음에 별이란 태명으로 불렀던 우리 세희가 내년이면 열일곱. 여고생이 되다니. 대견하고 기특하면서도 손 안의 모래처럼 조금씩 우리 곁에서 떨어져 나갈 거라 생각하면 아깝고 섭섭하오. 세준이는 당신을 닮아 똑 부러지고 매사에 분명해서 제 할 몫을 분명히 하며 살겠지만 좋고 싫음이 너무 확실해서 혹여 맵고 찬 사람으로 보일까 걱정이 됩니다. 어렸을 때부터 공부 욕심이 많아 벌써부터 유학을 가고 싶어 하는 세준이. 뒷바라지할 당신의 고생이 클 거 같아 월급쟁이 남편인 나는 그저 미안합니다. 세희, 세준 이 두 녀석이 당신의 유일한 행복이고 희망임을 알기에 나는 차마 당신에게 그 무엇도 이해받기를 바라지 않습니다. 그저 당신이 원하는 대로 우리는 물리적인 거리를 확보한 채 부모로 살고 부부로 유지되어야 함을 압니다. 당신과 내가 후에 자식이란 구심력을 잃고 원심력으로 점점 밀려나고 멀어지게 된다 해도 당신을 원망하지 않겠습니다.

여보.

구닥다리 같은 옛날이야기 하나 할까 합니다. 나의 유년에 관한 짧은 이야기이니 내키지 않더라도 마저 읽어주길 바랍니다. 내 어릴 적 살던 집은 동네 언덕배기의 너른 터에 우리 집과 셋집 둘이 딱히 담이라고 부를 만한 테두리도 없이 그저 앵두나무 한 그루를 문패 삼아 옹기종기 모여 사는 곳이었소. 초여름이면 구슬만 한 크기로 벌겋게 달아오르는 앵두를 채 익기도 전에 따 먹는 바람에 매년 여름이면 설사병에 걸려서 며칠씩 고생을 하곤 했소. 셋째 형은 늘 내 손에 바가지를 들려 앵두나무 아래 세워 두고는 처녀 허리 같은 나무줄기를 깍지 낀 손으로 부여잡고 두 발을 번쩍 들어 기둥에 단단히 디딘 다음 있는 힘껏 흔들어대었지요. 가는 빗살무늬 잎맥의 부드러운 잎사귀와 풋앵두가 그대로 내 머리와 바가지 위로 쏟아져 내렸다오. 잎새 사이로 쏟아지는 초여름 볕이 뜨거워 고개를 숙인 나는 그대로 앵두 세례를 온몸으로 받아냈다오. 바가지에 담기는 것보다 밖으로 떨어져 내린 것이 더 많아서 형은 쪼그려 앉아서 땅에 흘린 앵두를 주워 먹었습니다. 나는 바가지에 담긴 앵두를 한 알 한 알 입속에 머금고 혀끝으로 한 바퀴 굴려 그 촉감을 즐긴 다음에 그 새콤달콤한 맛을 즐겼다오. 남은 앵두는 펌프로 끌어올린 우물물에 씻어 잎사귀를 건어낸 뒤, 갓 걸음을 떼기 시작해 뒤뚱뒤뚱 걷는 모습이 보기에도 불안한 경옥이에게 주었다오. 어머니는 어린 경옥이가 앵두 씨를 통째로 삼키면 안 좋다고 혼을 내셨지만 나는 경옥이 손에 몰래 한 움큼의 앵두를 쥐어주었소. 어린 손 안엔 남아 있는 앵두는 겨우 대여섯 알. 그래도 좋아하던 경옥이. 내 사랑하는 어린 누이.

아. 미안하오. 앵두 이야기가 너무 길어지고 말았소. 늘어진 테이프 같은 나의 말이 듣기 거북하고 재미없겠지만. 여보. 나

는 이날의 기억이 선명합니다. 이날은 내가 처음으로 형의 옷을 물려 입은, 그러니까 남자애답게 옷을 입은 내 인생의 첫날이었소. 남자애가 남자 옷을 입는 게 별일이냐 반문하겠지만 나는 아홉 살이 되도록 제대로 남자애 옷을 입어본 적이 없었소. 그저 옆집에 사는, 앞집에 사는 누나에게서 옷을 얻어 입었소. 맞아요. 여자 옷을 입고 여자처럼 머리를 길렀지요. 아니 정확하게 말하면 여자 옷이 입혀졌다고 해야 할 거요. 헝겊 인형처럼.

당신도 알다시피 나는 위로 남자 형제가 다섯에, 아래로 여동생, 경옥이까지 칠남매입니다. 어찌 그리 아들 복이 많았던지 아버지는 내리 여섯 아들을 보셨소. 아들이라 마냥 좋아하시던 할아버지께서도 이제 하나쯤은 딸로 걸러 가도 좋겠다고 아쉬워했습니다. 한두 살 터울로 아들만 내리 낳으니 딸이 귀한 우리 집에선 마지막으로 딸자식 하나 보는 게 숙원이었던 거지요. 내가 두 살 되던 해 어머니는 드디어 여동생을 낳았소. 할아버지께서 온 동네에 득녀 턱으로 막걸리를 돌릴 정도였으니 그 기쁨이 얼마나 컸겠소. 하지만 여동생은 돌을 못 넘기고 병으로 죽었소. 어른들의 상심은 이루 말할 수가 없었다고 하오. 특히 할아버지는 한동안 농사일도 내려놓을 만큼 죽은 손녀딸에 대한 슬픔이 컸다고 들었습니다. 술에 얼큰히 취해 들어오셔서는 우리 아들 사주에 딸이 있다는데 와 죽노, 하면서 한탄하셨답니다. 손주 욕심이 대단하신 분이었지요.

내가 네 살 되던 해 할아버지는 어디서 듣고 오셨는지 막내를 계집애처럼 키우면 여동생을 볼 수 있다며 다짜고짜 내 머리에 여자애 무명치마를 뒤집어씌우더랍니다. 부모님은 해괴망측한 내 모습에 펄쩍 뛰셨지만 할아버지께서는 뜻을 꺾지 않았습니다. 경환이라는 멀쩡한 이름을 두고 경순아, 경순아, 여자애 이름으로 바꿔 부르곤 하셨다고 하오. 겨우 네 살인 내가 무얼 알았겠소. 당연히 치마를 입는 줄 알았고, 당연히 내 이름이 경순인 줄 알았소. 제때 머리를 자르지 못해 귀밑 단발이 될 때면 나는 누가 봐도 여자애였다고 합니다. 하루는 셋집 여자애를 따라 쪼그리고 오줌을 누다가 어머니께 호되게 혼난 적도 있어요. 어머니는 내가 여자애처럼 크는 걸 마음 아파하셨습니다. 지성이면 감천이었는지 당신도 알다시피 내가 여덟 살이 되던 해 나는 결국 여동생을 보게 되었습니다. 우리 경옥이가 태어난 거지요. 그 시대에 우리 경옥이처럼 이쁨받고 자란 딸이 흔치 않을 정도로 경옥이는 온 가족의 사랑을 듬뿍 받았지요. 할아버지는 막내, 경순이 덕이라며 내 머리를 연신 쓰다듬어주었소. 나는 할아버지가 주신 눈깔사탕을 손에 들고 덩달아 좋아했었소. 여동생이 태어나면 같이 공기놀이를 할 수 있었으니까 말이오. 경옥이를 낳은 다음 날로 어머니는 나에게서 여자애 옷을 벗기려 했지만 경옥이 돌 때까진 그냥 두어야 한다는 할아버지 말씀에 나는 그 뒤로 일 년을 더 여자애처럼 컸소. 경옥이가 무사히 돌을 지나고 앵두를 털던 그날로 나는 드디어 여자에서 남자로 돌아올 수 있었소. 칠남매 중에 유일하게 돌 사진을 찍은 경옥이의 사진 속에서 나는 무명치마를 입고 이마 위로 분수처럼 머리를 묶어 올리고는 천생 계집애처럼 웃고 있어요. 혹 궁금하면 경옥이 집에 갈 일 있을 때 한번 보길 바라오.

여보.

마술사의 손에서 하얀 종이가 흰 비둘기로 변하는 마술은 참으로 신기합니다. 마술사가 하얀 종이를 잘게 찢어 후 하고 불면 눈 깜짝할 새 작은 비둘기 한 마리가 파닥거리며 관중의 박수 속으로 날아오르지요. 꿈속에서 나는 이런 마술을 경험하곤 합니다. 나는 출근을 하기 위해 당신이 준비해 준 와이셔츠와 넥타이, 회색 정장을 입고 손수건을 주머니에 넣으며 거울 앞에 섭니다. 나는 말쑥하고 단정한 중년의 멋진 남자. 하지만 거울 속엔 내가 없소. 아니 있기는 있소. 감색 무명치마에 고름과 소매가 지나치게 짧은 흰 저고리를 입고 아무렇게나 머리를 묶어 올린 여자애 하나, 경순이가 서 있소.

초등학교에 갓 들어간 1학년 때였소. 오줌이 마려웠던 나는 동동거리며 화장실로 달려갔습니다. 가랑이를 벌리고 수렁 같은 똥통을 내려다보며 시원하게 오줌을 누고 있었소. 그때 남자 동무들이 벌컥 문을 열어젖히고는 고추 달린 놈이 앉아서 오줌 눈다, 고추 달린 경순이라며 큰 소리로 놀려대었소. 순간 내 고추는 쪼그라들어서 오줌은 뚝 끊기고 나는 그만 쪼그려 앉은 채로 엉엉 울어버렸던 기억이 나오. 어머니가 절대로 앉아서 오줌 누지 말라고 신신당부했지만 급한 마음에 나는 쪼그려

앉고 말았던 거지요. 그때 나는 여덟 살이었고 경순이었고 여자애였을 거요.

차마 고백이란 말로 미화시키지 않겠소. 그저 내 유년의 한 토막을 당신에게 보여주고 싶었을 뿐이오. 그게 전부입니다.

부디 내가 당신을 사랑하지 않았다는 단정만은 하지 않기를 바랍니다.

나는 분명히 당신을 여자로, 아내로 사랑했습니다. 나는 당신이 상처받지 않기를 바랍니다.

이번 주말에 울산으로 갑니다. 당장 입을 옷 몇 가지만 챙겨 가겠소. 원룸이라 세탁기며 냉장고, 가스레인지는 모두 구비되어 있다고 합니다. 사는 데 불편함은 없을 듯합니다. 간밤에 당신의 방에서 기침 소리가 나는 걸 들었소. 약 챙겨 먹고 심하면 병원에 꼭 가보도록 하오.

남편은 중환자실에 누워 있습니다. 하루 딱 두 번, 오전 11시와 오후 7시에만 면회가 가능합니다. 위독하다던 남편은 사흘째 삶의 끈을 잡고 버티는 중입니다. 세희와 세준이가 다녀갔습니다. 두 번의 면회를 마친 뒤 딱히 머무를 곳이 없는 아이들을 일단은 집으로 돌려보냈습니다. 너무 울어 얼굴이 퉁퉁 부은 세희는 아빠의 볼을 한참이나 쓸어내리다 무겁게 걸음을 돌렸습니다. 세희는 아빠를 좋아했습니다. 아빠가 회사를 옮겨 한 달에 한두 번만 거제 집에 다녀갈 수 있단 말에 다 같이 이

사를 하면 안 되느냐고 조르기도 했습니다. 엄마랑 너희는 학교 때문에 안 돼. 딱 잘라 말하는 내 말에 세희는 뾰로통한 얼굴을 하고는 나라도 아빠 따라갈까 하며 엉겨 붙었습니다. 남편은 그저 세희의 등을 토닥일 뿐 말이 없었습니다.

직장을 옮긴 남편은 약속대로 한 달에 한 번, 매월 마지막 주말에만 집에 다녀갔습니다. 토요일 오후 세희와 세준이가 학원에서 돌아올 시간에 맞춰 집에 도착해서는 함께 저녁을 먹고 아이들과 이야기를 나눕니다. 남편은 아이들의 말에 귀 기울입니다. 그동안 나는 설거지를 하고 세탁기를 돌리고 과일을 깎아 냅니다. 아이들이 각자의 방으로 들어가면 나는 안방의 침대 옆 바닥에 이부자리를 폅니다. 밤이 깊어져서야 남편은 조용히 방으로 들어옵니다. 샤워를 마치고 나오면 남편은 왼손등을 이마 위에 올리고는 자는 듯 누워 있습니다. 스킨을 바르고 로션을 바릅니다. 화장대 위에는 장미 향 보디로션이 몇 달째 그대로 놓여 있습니다. 그 뒤로 한 번도 쓰지 않았습니다. 내일은 버려야지 하면서도 쉽게 버리지 못합니다. 불을 끄고 자리에 눕습니다. 우리는 같은 방에 있지만 나는 침대에서, 남편은 바닥에서 따로 잡니다.

남편이 돌아눕는지 이불이 바스락거립니다. 이쪽으로 돌아누웠겠지요. 남편은 잠자리에서 늘 나를 바라보며 눕곤 했습니다. 신혼 때 돌아누운 남편을 보고 버림받은 거 같아 싫다고 말한 뒤로 남편은 항상 나를 향해 누웠습니다. 나는 어둠 속에서도 남편의 얼굴과 마주하기가 두려워 돌아눕습니다. 내 등을 보며 남편 또한 외로워질 것입니다. 손만 뻗으면 닿을 곳에 남편은 누워 있습니다. 내가 손을 내밀면 남편은 내 손을 잡을지도 모릅니다. 내가 손을 뻗어주어야 한다는 걸 압니다. 남편을 향해 튼튼한 동아줄을 내리고 끌어올려 주어야 한다는 것도 압니다.

담당 의사의 말에 의하면 매일 밤, 매일 낮이 고비입니다. 장기는 파열되고 늑골은 내려앉았습니다. 살아날 수도 죽을 수도 있는 오늘입니다. 나는 남편이 갑자기 눈이라도 뜰까 멀찌감치 서 있습니다. 잔뜩 부은 얼굴에 산소 호흡기를 하고 링거병을 주렁주렁 매달고 남편은 누워 있습니다. 깁스를 한 오른쪽 다리가 허공에 대롱대롱 매달려 있습니다. 나는 비켜서서 남편을 바라봅니다. 가까이 가셔도 되는데요. 간호사의 말에도 나는 매번 이렇게 서 있습니다. 얼룩덜룩한 화장 때문에 피에로 같던 남편의 얼굴은 깨끗해졌습니다. 간호사가 물수건으로 닦아주었겠지요.

남편의 생일입니다. 나는 오늘 남편을 깜짝 놀라게 할 생각입니다. 아침 밥상에 소고기 미역국을 올리며 부러 미안한 표정을 지었습니다.

여보. 미안해서 어쩌죠. 나 오늘 당직이라서 오전에 출근도 해야 하고. 오후엔 김 선생 애 돌잔치가 있어서 진해에도 다녀와야 하고.

나는 괜찮아요. 신경 쓰지 말고 다녀와요.

정말 미안해요. 가는 김에 친정에서 하루 자고 올게요. 애들도 할머니 보고 싶다고 따라가겠다 그러네요.

그렇게 해요. 빈손으로 가지 말고.

오전 당직을 마친 나는 아이들을 진해의 외가에 데려다주었습니다. 남편은 늦은 오후에 가까운 산이나 다녀오겠다 했으니 지금쯤 산중턱을 열심히 오르고 있을 겁니다. 오는 길에 남편 나이만큼의 장미와 풍성한 안개로 만든 꽃다발을 사고 집 앞 빵집에서 남편이 좋아하는 고구마 케이크와 무알콜 샴페인을 샀습니다. 와인과 안줏거리는 미리 냉장고에 넣어뒀으니 오늘 밤은 부부만의 은밀한 시간이 될 것입니다. 남편이 골라준 보라색 속옷을 입고 남편이 사다준 분홍색 슬립을 입어야지요. 결혼기념일에 받은 루비 목걸이와 반지로 한껏 멋을 내야겠어요. 남편은 마른 장밋빛 립스틱을 좋아하니, 백화점 갔을 때 남편이 직접 골라준 랑콤 립스틱도 발라야겠어요. 향수는 뭐가 좋을까. 백합 향이 은은한 아나이스 아나이스로 뿌리면 좋겠네요. 이 정도면 충분합니다.

매해 미역국과 케이크로 조촐하게 생일을 보내다 남편이 설계팀장으로 승진한 올해, 특별히 둘만의 시간을 만들려 하니 감흥 없는 내 성격에도 들뜨고 설렙니다. 감성이 풍부한 남편이 무척 기뻐하겠지요.

현관 열쇠를 꽂고 조금씩 돌립니다. 소리가 나면 안 되니까요. 혹시나 산행을 일찍 끝낸 남편이 돌아와 있으면 곤란합니다. 현관에 등산화가 보이지 않습니다. 다행히도 아직 돌아오지 않았나 봅니다. 인기척은 없지만 확실히 해서 나쁠 것 없지요. 핸드백과 케이크를 거실 테이블에 내려놓고는 살금살금 고양이 걸음으로 안방으로 향합니다. 방문 틈으로 불빛이 새어나옵니다. 몸을 둥글게 말고 숨죽이며 손잡이를 천천히 돌립니다. 스탠드 불이 켜져 있네요. 낮에는 켜지 않는 조명인데 이상합니다. 문을 조금 더 열어 봅니다. 인기척이 느껴집니다. 남편이 벌써 돌아온 걸까요. 백합 향이 납니다. 오늘은 향수를 뿌리지 않았는데……. 침대 위에 놓인 실크 스카프가 보입니다. 지난 생일에 남편이 선물한, 가장 아끼는 스카프입니다. 나는 몸을 세웁니다. 열 수도 닫을 수도 있는 문 앞에 나는 서 있습니다. 방 안을 밝히는 스탠드 불빛 아래로 누군가의 그림자가 보입니다. 화장대 앞에 앉은 누군가의 뒷모습이 보입니다. 눈썹을 그리고 아이섀도를 칠하고 랑콤 립스틱을 발랐습니다. 셔링이 든 보라색 브래지어와 팬티를 입고 분홍색 슬립을 입고 있습니다. 핏빛 루비가 목덜미에서 반짝입니다. 방 안 가득 아나이스 아나이스의 백합 향이 아찔하게 퍼져 있습니다. 한껏 멋을 낸 그 여자가 일어나 거울을 바라봅니다. 머리는 짧고 어깨는 벌어지고 턱에서는 푸르스름한 수염이 자라 나오기 시작한 여자. 아아. 남편입니다.

사흘 전 깊은 밤에 남편은 단장을 했습니다. 눈썹을 그리고 아이섀도를 칠하고 립스틱을 발랐겠지요. 남편의 입술엔 어떤 색깔이 어울릴까요. 옷장을 열어 색이 고운 갈색 원피스를 꺼내 입고 커피색 밴드 스타킹을 신습니다. 침대에 한쪽 다리를 올리고 돌돌 말아둔 스타킹 끝에 발을 넣고는 천천히 풀어 올리며 허벅지로 끌어당겼겠지요. 토트백을 들고 낮은 힐을 꺼내 신습니다. 문을 열고 집을 나섭니다. 밤이라 언뜻 보면 남편은 체격이 좋은 중년의 여인으로 보일 겁니다. 남편은 인적이 드문 길을 골라 걸었을 겁니다. 사위가 고요한 놀이터를 한 바퀴 돌고 저수지를 따라 산책도 했겠지요. 손목에 토트백을 걸고는 단정한 구두 소리를 내며 그는 밤거리를 걷습니다. 남편은 깊은 밤이면 마술사의 상자 속 흰 비둘기처럼 멋지게 날아오릅니다. 주술이 풀리고 새벽이 지나기 전에 그는 짧은 비행을 마치고 상자 속으로 다시 돌아와야 합니다. 들키면 안 되니까요. 관중을 실망시키면 안 됩니다. 아내를, 아이들을 실망시키면 절대 안 되니까요.

십 분이 지났습니다. 이 방에서 나가야 합니다. 그림자는 더욱 길어졌고 윤곽은 흐릿해졌습니다. 곧 어둠이 그림자마저 지울 것입니다. 소리는 멀어지고 빛이 가라앉는 저녁이면 남편은 이 방으로 돌아왔겠지요. 혼자 밥을 먹고 혼자 차를 마시고 혼자

잠을 자고…… 오롯이 혼자였겠지요. 여윈 달이 부풀어 오르는 보름이 오고 허상의 늑대가 우우 울어대는 밤이 되면 남편은 주술에 걸린 여인이 됩니다. 머리를 빗고 화장을 하고 치마를 입고 힐을 신습니다. 조도가 낮은 밤입니다. 어둠을 디뎌 거리로 나섭니다. 무겁게 내려앉은 밤의 숨결 속으로 섞이어 들면 숨은 뜨거워집니다. 놀이터를 지나고 골목을 지나고 거리를 지납니다. 어둠의 면사포를 두르고 경순이가 걸어가고, 여인이 걸어가고, 남편도 걸어갑니다.

놀이터의 가로등에 불이 들어옵니다. 빛이 번져옵니다. 밤은 쉬이 어두워지지 못합니다. 거울 속의 나와 마주합니다. 며칠 밤을 중환자실 옆 보호자실에서 쪽잠을 자느라 지친 나의 얼굴은 초췌합니다. 화장기 없는 얼굴에 기미는 더욱 짙어지고 입술은 말라서 갈라졌습니다. 이 방에는 내가 필요로 하는 모든 것이 준비되어 있습니다. 화장품도 속옷도 갈아입을 옷도. 보호자실의 궁색한 잠자리보다 이곳이 훨씬 지내기에 편할 것입니다. 하지만 남편의 핸드백에서 열쇠를 발견하고도 이 방으로 들어오기까지 나는 계속 망설였습니다.

삐뚜름히 닫힌 클렌징 크림의 뚜껑을 천천히 돌립니다. 달큰한 크림의 냄새가 떠오릅니다. 움푹 팬 자국을 따라 크림을 덜어냅니다. 볼과 턱, 이마에 찍어 올립니다. 볼 위로 동심원을 그려나갑니다. 하얀 크림은 손길을 따라 이내 투명하게 녹아들고 차갑고 건조했던 볼이 서서히 데워지고 촉촉해집니다. 하나의 얼굴이 지워져나갑니다.

미쳤구나 당신.

산산조각난 내 얼굴은 수십 개의 조각으로 흩어집니다. 내 얼굴도 수십 개로 쪼개집니다. 흡사 피카소의 우는 여자 같습니다. 쪼개지고 나눠진 조각 속에서 내 얼굴은 일그러져 있습니다. 울었는지도 모르겠습니다. 거울을 맞고 깨진 향수는 방바닥에서 나뒹굴며 새어 나옵니다. 백합의 진한 향이 방 안 가득 차오릅니다. 백합이 가득한 방에서 잠드는 게 가장 아름다운 자살이라 들었습니다. 어쩌면 우리는 이 방에서 죽을지도 모릅니다.

남편이 나에게 사준 스킨과 로션을 바르고 남편이 나에게 사준 향수를 뿌리고 남편이 나에게 사준 슬립을 입고 서 있는 저 여자, 내 남편. 나를 사랑해서 사준 그 모든 것들이 결국 나의 것이 아니었습니다. 내 남편의 것이었습니다.

바닥이 솟구칩니다. 천정이 기웁니다. 몸속에서 큰 파도가 일렁입니다. 뒤집히고 흔들립니다. 우욱. 입을 틀어막고 화장실로 달려 들어갑니다. 머뭇거릴 새도 없이 변기를 끌어안고 그대로 게워냅니다. 근사한 저녁을 위해 비워두었던 내 속에서 노란 위액이 식도를 할퀴며 역류합니다. 몇 번을 더 토해내고서야 나는 그대로 화장실 바닥에 주저앉습니다. 쓰라린 가슴을 부여잡고 저만치 서 있는 남편을 바라봅니다. 흔들리는 동공 속에서 흐릿한 당신. 당신은 누구입니까. 남편의 붉은 입술이 달싹거립니다. 나는 문을 밀어 닫습니다. 지금 이 순간이 완전한 오해가 아니라면 불완전한 이해는 하고 싶지 않습니다. 우욱.

그건 병이고 당신은 환자야.

…….

한 번이든 백 번이든 중요치 않아. 당신은 나를 기만하고 우롱했어. 사랑이란 이름으로 감쪽같이 나를 속이고 능멸했어. 망측하고 불결해.

…….

이혼은 절대 안 해. 당신 때문에 내 삶 뒤틀리지 않아. 당신은 그대로 거기 있어. 문을 닫아도 내가 닫고 열어도 내가 열어. 이제부터 당신은 나한텐 유령이고 귀신이야. 무섭고 끔찍해.

톡, 티슈를 한 장 뽑습니다. 크림으로 번들거리는 얼굴을 볼부터 닦아냅니다. 맨얼굴의 내가 거울에 비칩니다. 갓 닦아낸 볼과 이마 위로 크림의 윤기가 남아 있습니다. 차가운 허물을 벗고 나는 좀 더 따뜻해져야 합니다. 최후진술 없이 남편은 유죄를 선고받았습니다. 정상 참작의 여지는 없었습니다. 그런데 지금 남편은 스스로 형을 집행하려 합니다. 안 됩니다. 정말로 내가 가혹하고 잔혹해지기 전에 남편의 말을 들어야 합니다. 진실이든 변명이든, 남편에게 들어야 합니다. 이렇게 끝나서는 안 됩니다.

가장 좋은 것은 덜 나쁜 것, 덜 좋은 것은 가장 나쁜 것.

가장 좋은 것은 묻지 않고 남편을 밀어내고 빗장걸기. 나는 상처받았습니다. 남편에게 아무것도 묻지 않았습니다. 이해하고 용서하는 것은 덜 좋은 것. 남편은 스스로 문밖으로 걸어 나갔습니다. 그리고 사 년을 기다렸습니다. 우리가 함께했던 십칠 년, 위선의 시간. 남편은 더 기다려야 합니다. 나는 정말 상처받았으니까요.

남편은 지금 중환자실에 누워 있습니다. 살 수도 있고 죽을 수도 있습니다. 하지만 이대로 죽으면 안 됩니다. 죽더라도 그 전에 나에게 변명을 하고 용서를 구해야합니다.

클렌징 크림의 뚜껑을 바로 닫습니다. 제자리에 놓고 일어섭니다. 밖은 어둡고 고요합니다. 가벼운 하현달이 사위를 밝히기 시작하는 즈음입니다. 면회시간에 맞춰 서둘러 병원으로 돌아가야 합니다. 창문을 닫고 암막커튼을 칩니다. 방 안은 다시 어둠 속에 매몰됩니다. 현관으로 향합니다. 단화 속으로 오른발을 밀어 넣습니다. 부르르. 몸이 떨리어 옵니다. 코트 주머니에서 느껴지는 떨림입니다. 손을 넣어 휴대폰을 꼭 움켜쥡니다.

불길한 전화는 밤에 옵니다. 휴대폰을 꺼내 들고 폴더를 엽니다. 액정 위로 열 자리의 숫자가 또렷하게 떠오릅니다. 052로 시작하는, 병원에서 온 전화입니다. 7시 8분. 빛은 사위었지만 아직 밤은 아닙니다. 나는 전화를 받지 않습니다. 늦기 전에 들어야 할 이야기가 있습니다. 남편에게 가야 합니다. 오랜 진동이 멈춥니다.

처음 이 방에 들어올 때처럼 나는 현관에 서 있습니다. 어서 남편에게 가야 합니다. 스위치에 손을 올립니다. 타닥. 불은 켜지지도 꺼지지도 않습니다. 무덤같이 무서운 어둠입니다. 스위치에 손을 올린 채 나는 그대로 서 있습니다. 휴대폰의 진동이 다시 울립니다.

어둠에 묻힌 밤

눈을 뜬다. 한 뼘 가까이 문이 열려 있다. 너머는 짙은 어둠이다. 밤은 마분지처럼 빳빳하다. 잠옷이 흘러 한쪽 어깨와 쇄골이 드러나 있다. 나는 손으로 쇄골을 덮으며 문 쪽으로 돌아눕는다. 방문은 닫았다. 손잡이를 잡고 잠시 주저했기 때문에 기억한다. 밤 산책에서 돌아온 자정쯤이었고 어둠 속에서 원피스 잠옷으로 갈아입은 후였다. 수면 유도 앱을 자동 꺼짐으로 설정하고 한 시간쯤 듣다가 잠들었다. 앱은 꺼져 있다. 높게 매달린 유리 풍경이 흔들린다. 가족 여행으로 간 요코하마에서 엄마가 고른 풍경이었다. 얇고 투명한 유리 표면에 푸른 물고기 한 마리가 그려져 있다. 물고기는 바람을 따라 허공을 유영한다. 바닥에 쌓인 화선지 새새로 밤의 입김이 스며 바스락거린다. 문 그림자 속에서 낮은 숨소리가 들린다. 나는 베갯잇의 열은 모링가 향을 맡으며 몸을 동그랗게 만다. 칼에 맞는 꿈을 꾸었다. 현관의 센서등이 켜졌다 꺼진다. 문 너머로 뼈마디가 뚜렷한 발등과 길고 앙상한 손가락이 흐릿하게 떠올랐다 사라진다. 늦었어요. 가서 주무세요. 나는 칼 맞은 자리를 더듬는다. 발이 물러난다. 손이 사라진다. 나는 몸을 일으켜 침대 아래로 발을 딛는다. 서늘하다. 무릎 아래로 옷자락이 떨어진다. 문손잡이를 잡고 기다린다. 센서등이 더는 켜지지 않는다. 방문 닫히는 소리가 희미하게 들린다. 문을 연다. 부엌 깊숙이 푸른빛이 보인다. 나는 일렁이는 빛을 향해 걷는다. 싱크대의 하부장 한쪽이 활짝 열려 있다. 문 안쪽의 칼집은 텅 비어 있고 칼들은 싱크대 상판에 질서 없이 놓여 있다. 나는 칼을 하나씩 들어 칼집에 꽂는다. 칼 그림자가 가슴을 찌른다. 쌍둥이칼과 장미칼, 빵 나이프, 과도까지 넣고도 칼집 하나가 빈다. 가스 냄새가 난다. 불 켜진 가스레인지 위에는 아무것도 올려져 있지 않다. 나는 불을 끄고 밸브를 잠근다. 블라인드 한쪽이 벽에 부딪치며 탁, 탁 소리를 낸다. 방충망까지 활짝 열린 거실로 바람이 들이친다. 나는 거실을 지나 창틀 위로 올라선다. 안전바에 기대 발뒤꿈치를 든다. 몸을 길게 내밀자 날 수 있을 것처럼 몸이 가벼워진다. 겹겹의 산으로 둘러싸인 이곳에서 보이는 거라곤 송신탑과 그 꼭대기에서 점멸하는 빛뿐이다. 이곳은 전멸했다. 도심을 향한 터널은 개통을 앞두고 무너져 내렸다. 같은 시공사에서 건설 중이던 다리는 교각만 세우다 말았다. 강의 지류를 따라 뻗은 사차선 도로는 무너진 터널 앞에서 갈 길을 잃었고 터

파기가 한창인 옆 공사장은 폭우로 인해 물웅덩이로 변해버렸다. 나는 뒤로 물러서며 창을 닫았다. 유리 풍경이 잠잠해진다. 실내용 숄을 집어 든다. 안방으로 가 노크 없이 문을 연다. 침대 위로 웅크린 뒷모습이 보인다. 허리와 어깨에 숄을 둘러주고 나는 가만히 내려다본다. 쉽게 깨지 못할 잠이다. 협탁 위엔 작은 약병이 놓여 있다. 몸을 기울여 손을 뻗는다. 가는 목이 잡힌다. 검지 아래 맥이 뛴다. 얕은 맥이다. 엄지와 네 손가락에 지그시 힘을 준다. 비틀면 쉽게 끊어질 숨이다. 안녕히 주무세요. 선생님. 나는 손을 풀어 베개 밑으로 집어넣는다. 감촉이 차갑다. 더듬어 칼등을 잡는다. 무심코 쥐었다 칼날에 베인 적이 있다. 안방을 나와 제자리에 칼을 돌려놓는다. 방으로 돌아와 침대 옆에 웅크려 앉는다. 쉽게 잠들지 못하는 밤. 선생님은 불면의 그림자가 되어 매일 밤 집 안을 헤맨다. 바닥으로 손이 떨어진다. 손끝이 방바닥에 닿는다. 찬 기운에 주먹을 쥐었다 편다. 무릎에 얼굴을 묻은 채 바닥을 더듬는다. 비릿한 콜타르 냄새가 난다. 손끝에 진득한 검은 기름이 묻어난다. 뱉은 껌처럼 끈끈하다. 침대 밑은 마치 무너진 터널 같아서 나는 차마 손을 내밀지 못한다. 어둠에 진공 포장된 나의 생래적 공포가 거기 있다. 손이 다가온다. 손이 내 손을 잡는다. 차다. 부러진 손가락들이 나의 손등을 감싼다. 나는 감은 눈에 힘을 주며 감각에 집중한다. 아빠…….

지온. 이리.

새장을 들여다보던 선생님이 내게 손짓했다. 나는 잼 병을 들고 안간힘을 쓰는 중이었고 잼의 유통기한은 오늘까지였다. 아빠는 잼 중에서도 특히 오디 잼을 좋아했다. 오디 잼을 듬뿍 바른 식빵 한 장을 진한 블랙커피와 같이 먹는 걸 즐겼다. 혀끝이 아릴 정도의 그 단맛이 힘이 된다고 했다. 생각만으로도 침이 고였지만 뚜껑은 꿈쩍도 하지 않았다. 얼얼한 두 손바닥을 바지에 문질렀다. 버려야 했지만 그러지 못했다.

서랍의 스카프도.

역광 속 실루엣은 날씬했다. 나이 마흔이었지만 출산을 하지 않은 선생님의 몸에는 군살이 없었다. 선생님은 두 번 결혼을 했지만 아이는 없었다. 아이를 갖기도 전에 두 남편 모두 죽었다. 그리고 선생님에게 꽤 많은 재산을 남겼다. 첫 번째 남편의 재산은 모두 상속받았고 두 번째 남편의 재산도 반 이상은 받게 될 터였다. 선생님의 두 번째 남편은 아빠였다.

선생님은 헐렁한 연회색 셔츠 아래 같은 색 레깅스를 입고 있었다. 곧게 뻗은 다리는 파임을 닮았다. 나는 한때 파임을 좋아했다. 가로획과 세로획만 그어대다 득획은 커녕 내 입에서 욕이 쏟아졌던 그날 처음 파임과 삐침을 배웠다. 서실을 다닌 지 이 주째였다. 먹을 갈며 일주일을 보냈고 가로세로 선을 그으며 다시 일주일을 보낸 후였다. 씨발. 이게 뭐라고. 돌겠다 정말. 아끼는 나이키 티에 먹이 튀는 줄도 모르고 나는 신문지 위로 붓을 미친 듯이 놀려댔다. 그러다 제풀에 지쳐 육인용 테이블 위로 붓을 팽개치고 스툴에 풀썩 걸터앉았다. 등 뒤에서 선생님이 말했다. 멋진 삐침이야. 난 그때 정말 막말로 빡쳐 있었기에 선생님이 날 놀리는 줄로만 알았다. 이제 됐어. 선생님은 신문지를 치우고는 그 자리에 화선지를 폈다. 매끄러운 쪽이 위로 오도록. 서진으로 화선지를 고정시킨 선생님은 먹을 묻힌 붓을 정성스레 골랐다. 붓끝은 항상 중봉으로. 화선지 위로 점 하나를 찍고 그 아래로 세로획을 반듯하게 내리 그은 뒤 선생님이 붓을 들어 보였다. 이렇게. 붓끝은 처음처럼 둥글고 반듯했다. 잘 봐. 위에서 왼쪽으로 길게 내리긋는 이게, 삐침(丿)이야. 사랑하는 이의 뺨을 어루만지듯. 마지막에 위에서 비스듬히 내려오다 오른쪽으로 살짝 빼는 이게 바로 파임(㇏). 파임은 무용수의 마지막 턴처럼 강하지만 부드럽게. 선생님은 붓을 벼루에 내려놓았다. 길 영(永)이야. 알아요. 몰랐지만 안다고 했다. 이 한자에는 서예의 기본 운필법이 모두 들어 있어. 세상은 복잡하지만 그 이치는 단순한 것과 같지. 나의 어깨를 잡고 선생님이 말했다. 칭찬 하나 할까. 해볼 테면 해봐라, 하는 표정으로 나는 팔짱을 꼈다. 지온의 다리도 아주 멋진 삐침이야. 나는 그때 핫팬츠를 입고 있었고 맨발에 샌들을 신고 있었다. 싸구려 보라색 페디큐어가 도드라졌다. 곧고 긴 종아리가 삐침처럼 아주 우아해 보여. 선생님은 손끝으로 허공에 삐침을 길게 그렸다. 나는 선생님의 다리를 내려다보았다. 골반에서 허벅지 그리고 발목까지 떨어지는 선이 날렵했다. 말랐지만 탄탄한 다리였다. 마치 단단한 파임처럼.

거실장 서랍에서 검정색 스카프와 연보라색 스카프를 하나씩 꺼냈다. 새장은 창가의 키 큰 테이블 위에 있었다. 선생님은 가는 손가락으로 새장 안을 가리켰다.

알을 낳은 거 같아.

나는 새장 가까이 얼굴을 가져갔다. 십자매 한 마리가 둥지 안에 몸을 틀고 있었다. 다른 한 마리는 가름대에 올라 앉아 경계하며 뒤룩뒤룩 눈을 굴렸다.

검은 건 안 돼, 너무 어두워.

선생님은 속이 비치는 연보라색 스카프를 넓게 펴 새장 위로 덮었다.

셋이 될 수 있을까.

별 일 없다면요.

둘만 남진 않겠지.

모르죠, 그건.

지온. 우리 말이야…….

나는 한 걸음 물러섰다.

알을 깨고 새가 나오면, 다시 시작할까?

선생님은 매번 엇비슷한 질문을 되풀이했다. 밤이면 잊히는 질문들이었다. 여우비 내리는 날 다시 시작할까. 우연히 낮달을 보게 되면 다시 시작할까. 새 양말을 꺼내 신은 가을 아침에 다시 시작할까. 그래요, 그래요, 그래요.

그래요.

맨밥 같은 대답을 하고 나는 테이블에 기댔다. 서실로 쓰는 거실 가운데에 놓인 긴 직사각형 모양의 큰 테이블이었다. 얇은 모포가 깔린 테이블에는 벼루와 먹 세 쌍이 놓여 있다. 선 긋기용 신문지와 길 영이 무수한 화선지는 테이블 아래 파지로 쌓여 있고 그나마 해서를 시작한 화선지는 집게에 집혀 벽에 걸려 있다. 나는 검은 스카프의 양 끝을 잡아 빙글빙글 돌렸다. 길어진 스카프가 흡사 검은 밧줄처럼 보였다. 줄은 질겼고 팽팽했다. 나는 스카프를 테이블에 내려놓았다.

애들은 이제 오지 않을 거야.

선생님이 말했다. 나는 길 영만 쓰다 사라진 아이들을 떠올렸다. 붓걸이에는 끝이 덜 마른 네댓 자루의 붓이 걸려 있었다. 서랍 안에는 오래된 내 붓도 들어 있다.

재미가 없대.

재미야 없죠.

나 또한 그랬다. 석 달 만에 서예를 그만뒀다. 사춘기의 최고점도 이미 찍은 상태라 서서히 평정심을 되찾는 중이었다. 아빠가 선생님과 연애를 시작한 후 나에게 관대해졌기 때문이기도 했다. 일 년쯤 지나 아빠가 나에게 물었다. 셋이 같이 살까? 좋을 대로. 나는 고민 없이 대답했다. 둘이었다가 셋이 되고 다시 둘이 된 지금, 그 순간을 여러 번에 걸쳐 깊게 되새김질한 적이 있다. 싫어, 라고 말했더라면 우리 셋은 모두 온전했을까.

손톱 밑이 붉었다. 붉게 물든 엄지와 검지 끝이 아렸다. 나는 잘라 놓은 진분홍 주름지 한 장을 집었다. 손바닥만 한 주름지의 끝을 풀 묻은 손가락으로 비틀자 금세 꽃잎 한 개가 만들어졌다. 앞에 놓인 소쿠리 두 개에는 진분홍 꽃잎과 초록 이파리가 가득했다. 나는 꽃잎으로 가득한 소쿠리를 맞은편 쪽으로 밀어주었다. 대여섯 명의 보살이 초배지를 바른 팔각등 틀에 익숙한 손놀림으로 꽃잎을 붙여 나갔다. 방구석에는 완성된 연등이 열을 맞춰 쌓여 있었다. 나는 주름지 상자를 한쪽으로 치우고 일어섰다.

가게?

손수건을 목에 감은 할머니 보살이 올려다보았다.

머리가 아파요.

마냥 쉬워 보여도 고된 일이야.

신발을 신는데 뒤축이 자꾸 접혔다. 문턱에 걸터앉아 앞코를 툭툭 두드렸다.

이파리를 붙이던 중년의 보살이 깜박했단 얼굴로 돌아보았다.

행자 하기로 했다며?

나는 진홍빛 물이 든 손가락을 바지 위에 문질렀다.

이제 스무 살이 왜? 뭐가 갑갑해서.

나는 신발 한 짝은 구겨 신은 채로 일어섰다. 선원의 앞마당에는 색색의 연등이 가득했고 바닥에는 아직 달지 않은 연등이 색깔별로 놓여 있었다. 사다리에 올라 연등을 달고 있는 스님의 승복 바지가 짤막했다.

밀면 이쁠 두상이긴 하다만. 그러지 마라.

할머니 보살은 마지막 꽃잎을 붙인 연등을 앞에 두고 합장했다.

나는 연등 사이로 조각난 하늘을 올려다보았다. 손등으로 빛을 가렸다. 연등 그림자의 농담이 연등 색에 따라 조금씩 달랐다.

선원에서 도로로 이어지는 길을 이백여 미터 걸어 나오자 저만치 왼편으로 터널이 보였다. 터널은 가운데 쪽으로 완전히 무너져 내렸다. 붕괴 위험. 접근 금지. 터널 앞에는 바리케이드가 처져 있었다. 나는 우두커니 서서 무너진 터널을 보았다.

그곳에 들어간 적이 있었다. 개통을 며칠 앞둔 날이었다. 터널은 약간 휜 모양이었고 생각보다 길진 않았다. 빛이 들지 않는 터널 벽의 질감은 무척 차갑고 축축해서 나는 여러 번 바지 위로 손바닥을 문질러야 했다. 맞은편으로 빠져나와 몇 발짝 걸었을 때 터널은 무너졌다. 재난 영화에서 흔히 보는 불길한 전조도 없어서 나는 바람결에 닫힌 문을 보듯 잠깐 놀랐을 뿐이었다.

그날도 그랬다. 너무나 평온한 봄밤이었고 국도에는 오가는 차들이 적었다. 휴양림으로 이어지는 그 길은 산을 관통하는

지름길이라 터널이 여러 개였다. 마지막 터널을 막 빠져나와 커브를 돌 때 맞은편에서 트럭 한 대가 중앙선을 물고 돌진했다. 선생님은 운전 중이었고 아빠는 조수석 의자를 뒤로 젖힌 채 잠들어 있었다. 아빠 쪽으로 바짝 몸을 기울이고 있던 나는 아주 짧게 비명을 질렀다.

집은 너무 멀었다. 내려앉은 터널과 끊긴 다리와 어두운 길을 지나가려면 아주 먼 길을 돌아가야 했다. 터널 위를 올려다보았다. 숲은 울창했지만 산은 그리 높지 않았다. 나는 완만한 오르막을 찾아 기어올랐다. 길도 이정표도 없는 숲이었다. 몇 걸음 옮겼을 뿐인데도 이내 산 속이었다. 저쪽이라고 생각되는 방향을 향해 걸었다. 풀이파리와 나뭇가지가 뺨과 종아리를 스칠 때마다 몹시 쓰라렸다. 이제 어느 쪽이 저쪽인지 분간할 수조차 없었다. 도토리가 잔뜩 떨어진 신갈나무 밑에서 나는 완전히 방향을 잃어버렸다.

몇 시간을 헤매다 간신히 인적이 있는 숲길을 찾아 내려오는데 선원이 보였다. 밤이었고 선원의 모든 불은 꺼져 있었다. 나는 절룩거리며 선원을 향해 걸었다. 옅은 바람에 처마 끝의 풍경이 울렸다. 추에 달린 물고기가 이리저리 흔들렸다. 그 밤, 종무소 앞 툇마루에 들짐승처럼 웅크리고 앉아 나는 밤새 떨었다.

터널을 뒤로하고 걸었다. 좁은 강과 빈 도로가 나란히 뻗어 있었다. 길가에는 가로등이 늘어서 있었고 강기슭에는 잡풀이 무성했다. 풍경마저 무력해 보였다. 풀숲을 헤치자 날 수 있는 모든 것들이 동시에 날아올랐다. 나는 포갠 손등 위로 얼굴을 묻었다. 코와 눈이 간지러웠고 귓속에서 뭔가가 윙윙거렸다. 마른 땅을 미끄러져 내려가 풀 마른 자리에 서서 나는 몸을 털었다. 교각 위로 드러난 철근은 바로 서지 못해 위태로웠다. 강은 고요했다. 나는 다리를 뻗고 주저앉았다. 철심을 박은 다리로는 오래 걷지 못했다. 두 발끝이 벌어지며 등이 굽었다. 나는 손 차양을 하고 하늘 끝을 바라보았다. 무언가 서쪽으로 날아가고 있었다. 해가 지는 중이어서 눈이 부셨다. 눈을 감았다. 눈꺼풀 아래로 노을의 파편이 흩어졌다. 손바닥에 모난 자갈이 짚였다. 나는 기억의 파편을 붙들었다. 아빠는 바닥에 엎드려 있었다. 한쪽 뺨은 유리 조각에 길게 찢겨 있었다. 눈꼬리로 피가 흘러 피눈물이 되었다. 뒤통수 아래 피가 흥건했다. 숨을 쉴 때마다 옆구리에서 구불구불한 것들이 뭉텅이로 쏟아져 나왔다. 튕겨져 나간 아빠의 몸은 젖은 콜타르 위에서 꾸덕꾸덕 굳어갔다. 멀리서 사이렌이 울렸고 낯선 손이 내 목을 짚었다. 나는 반파된 차 안에 갇혀 있었다. 누군가 소리를 지르며 내 가슴 위의 안전벨트를 끊었다. 목구멍으로 피가 솟구치며 숨이 터졌다.

등 뒤가 밝아졌다. 나는 바닥을 짚으며 돌아보았다. 가로등에 불이 들어오고 있었다. 형광의 푸른빛이 길 위로 점점이 떨어져 내렸다. 도로 건너에는 아파트 한 동이 비석처럼 박혀 있었다.

나는 꼭대기의 집을 올려다보았다. 불이 켜져 있었다. 집을 에워싼 어둠의 거스러미가 빛을 퇴색시켰다. 잠 못 드는 밤, 길을 내려다본 적이 있다. 길을 잘못 든 차가 있었다. 가로등을 따라 사차선을 달리던 차는 무너진 터널 앞에서 멈춰 섰다. 그리고 이내 방향을 틀어 왔던 길을 돌아 나갔다. 보통은 그랬는데 아닌 적이 있었다. 칼집에 칼을 채우고 가스레인지의 불을 끈 후였고 밤에서 새벽으로 넘어가는 시간이었다. 안개로 인해 풍경은 뭉텅뭉텅 잘려나가 있었다. 길 끝에서 붉은색 경차 한 대가 달려왔다. 감속 없이 달리던 차는 다른 차들과 마찬가지로 터널 앞에서 멈춰 섰다. 차는 곧 라이트를 켜고 천천히 십여 미터 후진을 했다. 후진으로만 빠져나오기엔 길은 너무 멀었다. 멈춰 선 차가 비상 깜박이를 넣었다. 아무도 없는 길이었다. 그런데도 차는 꾸준히 신호를 넣고 있었다. 후진도 유턴도 하지 않고 서 있던 차가 갑자기 속력을 높이더니 돌진했다. 순식간에 차는 안개 속으로 사라졌다. 나는 본능적으로 몸을 세우며 귀를 기울였다. 어떤 소리도 들리지 않았다. 타이어 밀리는 소리도, 부딪치고 부서지는 소리도 없었다. 차는 그대로 사라져버렸고 한참을 기다려도 돌아오지 않았다.

그 밤 나는 그 길을 걸었다. 늘어진 후드 티의 모자를 깊게 당겨 쓰고 운동화는 꺾어 신었다. 머리와 옷이 금세 축축해졌고 흘러내린 머리카락 몇 올이 눈을 찔렀다. 안개 속에서 불쑥 터널이 나타났다. 근처 어디에도 차가 부딪치거나 튕겨나간 흔적은 없었다. 나는 돌무더기에서 돌멩이 하나를 주웠다. 나는 뒷걸음으로 터널에서 떨어졌다. 그리고 안개에 묻힌 터널을 향해 있는 힘껏 돌을 던졌다.

낙하하는 돌은 없었다. 눈 먼 새가 물고 갔을지도 몰라 먼데 하늘을 살폈지만 돌아오는 것은 없었다. 바람이 불었다. 풀들이 일제히 한쪽으로 쏠리며 강 너머가 바라보였다. 희끗희끗한 무언가가 있었다. 나는 눈앞의 풀줄기를 한 손으로 걷어내며 미간에 힘을 주었다. 무언가 움직였는데 아주 느렸다. 흰 개일지도 모른다고 생각한 순간 풀숲 사이로 서 있는 사람이 보였다. 여자였다. 풀숲에 묻히는 키에 몸은 가늘었다. 물가의 여자는 건너편, 내 쪽을 보고 있었다. 눈의 양옆을 가린 경주마처럼 오로지 앞만 바라보고 있었기에 나를 본다고 생각했지만 꼭 그렇다고 말할 수도 없었다. 얼굴은 지워져 있었다. 나는 몇 걸음 뒤로 물러섰다. 딸깍. 소리가 들렸다. 나는 주위를 휙 둘러보았다. 아무도, 아무것도 없었다. 딸깍. 다시 소리가 들렸다. 강폭은 좁았다. 건너온 소리일 수도 있었다. 딸깍. 나는 엄지부터 말아 주먹을 쥐었다. 손가락에 힘이 들어갔다. 여자가 물속에 발을 담갔다. 그리고 망설임 없이 물속으로 저벅저벅 걸어 들어갔다. 오히려 당황한 건 나였다. 강은 좁고 깊었다. 여자는 물속으로 사라졌다. 나는 자리에서 일어섰다. 발목이 욱신거렸다. 풀숲에 숨어 잠잠한 물 위를 지켜보았다. 물결이 일었고 그 물결이 이쪽으로 조금씩 밀려들었다. 그날 밤 중앙선을 넘어온 트력이 그랬듯이.

트럭이 정면에서 달려들었을 때 차는 급좌회전으로 돌았다. 조수석부터 뒷좌석이 트럭 아래로 빨려 들어갔다. 차는 반파됐다. 한 명은 살고 한 명은 죽고 한 명은 크게 다쳤다. 트럭 운전사는 중앙선을 넘지 않았다고 주장했다. 병원으로 찾아온 보험 심사원이 마취가 덜 풀린 내게 물었다. 운전자들은 대부분 충돌 시 좌측으로 차를 틉니다. 그 이유를 압니까? 그가 부러진 나의 다리를 내려다보았다. 단순합니다. 본능인 거죠. 보험 심사원은 붕대로 칭칭 감긴 내 다리를 동정하듯 쓰다듬었다. 운전자가 계모더군요. 계모의 전남편도 비슷한 사고로 죽었고요. 심사원의 말이 귓속에서 뱅글뱅글 돌았다. 어지러워 눈을 감았다. 그런데 왜 아버지만 안전벨트를 안 한 거죠?

날은 완전히 저물어 의지할 빛이라곤 푸르스름한 가로등이 전부였다. 멀리 송신탑의 꼭대기가 붉게 깜박였다. 깊은 곳으로 물 흐르는 소리가 들렸다. 어둠 속에서 나는 물가를 응시했다. 무언가 조금씩 가까워지고 있었다. 잡풀 사이로 몸을 더 깊이 숨겼다. 잔물결이 일었다. 물결의 간격은 점점 좁아졌다. 물결의 바깥이 서서히 부풀어 올랐다. 막을 뚫고 나온 것은 둥근 머리통이었다. 나도 모르게 몸을 뒤로 빼며 주먹을 꽉 쥐었다. 곧이어 어깨가 보이고 가슴, 팔이 물 밖으로 드러났다. 허우적거리지도 않았고 비틀거리지도 않았다. 중력과 부력을 거스른 움직임이었다. 작은 머리, 좁은 어깨, 가는 팔다리. 여자였다. 여자는 젖어 있지 않았다. 몇 올의 머리카락만이 이마로 떨어져 내렸다. 모든 게 뚜렷했지만 얼굴 윤곽만은 여전히 흐렸다. 여자는 소리 없이 내게로 걸어왔다. 나는 고개를 숙였다. 여자는 맨발이었다. 발밑과 그 주위로 유리 파편과 부서진 붉은 플라스틱 조각들, 눅진한 콜타르가 널려 있었다. 여자가 내 옆에서 멈췄다. 엇갈리듯 서서 서로 다른 쪽을 바라보았다. 어깨와 어깨가 닿을 듯 말 듯 가까웠다. 나는 본능적으로 움츠렸다. 두 손등은 미세한 틈을 두고 가까이 있었다. 서늘한 기운이 흘렀다. 나는 여자의 손등을 차마 내치지 못했다.

석 달 만에 집으로 돌아왔다. 폭우가 쏟아지고 있었다. 창밖의 노을이 얼룩덜룩했다. 선생님은 먹을 갈고 있었다. 탁자 위에 놓인 술병과 약병, 물컵과 술잔이 어지러웠다. 선생님은 취해 있었다.

지온. 이상한 일이지. 창이란 창은 다 열려 있어. 칼이란 칼은 죄다 나와 있고. 가스레인지에 불이 켜져 있을 때도 있어.

선생님은 풀린 눈에 힘을 주며 고개를 세차게 흔들었다. 나는 목발을 내려놓고 스툴에 앉아 벽에 등을 기댔다. 선생님이 먹을 돌릴 때마다 벼루의 먹물이 위태롭게 출렁였다. 먹물이 진해질수록 밤은 깊어갔다.

가스레인지 불은 누가 켰지? 칼은, 칼은 누가 뽑았을까.

선생님이 나를 보며 물었다. 방백 같은 물음이었다.

술과 약, 둘 중에 하나를 택해요.

선생님이 손을 멈추고 탁자의 술병과 약병을 번갈아 쳐다보았다.

죽고 싶지 않으면요.

살고 싶지 않아.

그럼, 죽으세요.

선생님이 초점이 흐린 눈을 간신히 내게 맞췄다.

죽고 싶으면 죽어야죠.

선생님은 입술을 깨물며 술잔을 부여잡았다. 바닥에는 소량의 위스키가 남아 있었다. 나는 잔에 술을 채워주었다.

보험회사에서 왔었죠?

선생님이 성의 없이 고개를 까닥거렸다.

뭘 묻던가요?

이것…… 저것.

선생님은 술잔을 들어 빙글빙글 돌렸다. 다른 손으로 먹을 쥔 채였다. 술잔 유리에 비친 선생님의 얼굴이 기이하게 뒤틀렸다.

뭐래요?

선생님은 대답 대신 술잔을 높게 들었다. 먹과 벼루를 피해 팔을 든다는 게 마치 축배를 드는 것처럼 보였다. 나는 고개를 돌렸다. 잔을 비운 선생님이 탁자 위로 머리를 떨궜다. 웨이브진 옆머리가 탁자 위로 흘러내렸다. 어깨가 간헐적으로 들썩였는데 우는지 웃는지 알 수 없었다.

먹 가는 소리만은 참 좋아요. 스삭, 스삭.

나는 선생님의 손등을 감싸며 위에서 먹을 잡았다. 먹을 빼내려는데 선생님이 먹을 움켜쥐었다. 취중의 무의식적 행동이 아니었다. 고개는 떨구고 있었지만 그것은 의식적인 힘이었다.

선생님 잘못이 아녜요. 나는 먹을 흔들었다.

네 잘못도 아니야. 선생님은 먹을 놓지 않았다.

저라도 그랬을 거예요. 나는 손끝에 지그시 힘을 넣어 먹을 다시 흔들었다.

이상하지 않니? 선생님은 더하거나 덜한 힘도 아닌 은근한 악력으로 먹을 잡고 버텼다. 오래 먹을 간 사람의 손쉬운 요령 같아서 나는 오기가 생겼다.

뭐가요? 나는 먹을 선생님 쪽으로 세게 밀었다. 먹의 밑동이 기우뚱했다.

그날, 네 아빠 분명히 안전벨트를 했었어. 손목이 기우는 데도 선생님은 버텼다.

먹을 사이에 두고 손과 손이 힘과 힘으로 맞섰다. 빗소리에 거실의 모든 잡음은 묻혔다. 들이친 빗물이 바닥의 파지 위로 툭툭 떨어졌다. 새장에 덮어둔 스카프의 끝자락이 바람에 들썩거렸다. 새장 속은 조용했다.

왜 그랬어요? 내가 물었다.

왜 그랬을까? 선생님이 나를 보았다.

툭, 힘이 풀리며 손목이 안쪽으로 꺾였다. 먹이 미끄러지며 벼루의 먹물이 튀었다. 나는 먹을 쥔 채 몸을 뒤로 뺐다. 스툴이 바닥에 끌리며 거친 소리를 냈다. 내 손목과 손등에 먹이 흥건했다. 튄 먹물이 나의 흰 셔츠 위에 점점이 박혀 있었다. 나는 셔츠의 양쪽 끝을 잡아 펼쳤다. 올 위로 작고 검은 점들이 미세하게 번져 나갔다. 선생님은 빈손을 들어 올리며 나를 보았다. 아래로 내보인 손이었다. 위로 들어 보이는 손과의 느낌이 확연히 달랐다. 항복이 아닌 항변이었다. 나는 아무 짓도 하지 않았어. 손짓은 그렇게 말하고 있었다.

선생님은 손을 내려 벼루에 걸쳐놓은 붓을 잡았다. 서수필이었다. 쥐 수염으로 만든 붓으로, 아빠에게 받은 선물이었다.

지울 수 있어. 아무 일도 없었던 것처럼.

선생님은 붓에 먹을 담뿍 묻힌 뒤 붓끝을 오래 다듬었다. 취해 있었지만 숙련된 동작은 세심했다. 나는 버티고 서서 이를 지켜보았다. 선생님의 손짓에도 나는 꼼짝하지 않았다. 선생님이 스툴에 앉아 내 손목을 잡아끌었다.

움직이지 말고. 가만히. 가만히.

붓끝이 셔츠 자락으로 떨어졌다. 누운 붓이 중봉으로 일어섰다. 붓끝 아래 먹이 샘처럼 고였다. 흩뿌려진 먹점과 먹점 위로 붓이 흘렀다. 점과 점이 이어지며 선이 되었다. 붓의 움직임은 부드러웠으며 먹의 농담과 힘의 강약은 능숙했다. 선은 강직하고 단단하면서도 마르지도 습하지도 않았다. 흰 셔츠 위로 여섯 이파리의 난이 돋았다. 붓을 벼루에 걸치며 선생님은 숨을 깊게 내쉬었다. 선생님의 눈 밑이 가늘게 떨렸다. 선생님이 손을 뻗어 내 왼쪽 가슴에 댔다. 손바닥 아래서 내 심장이 뛰었다. 선생님이 낮게 읊조렸다.

깨진 하늘이 아물 때에도
가슴에 뼈가 서지 못해서

선생님은 내 양쪽 눈을 번갈아가며 찬찬히 들여다보았다. 어느 쪽의 눈빛이 진짜인지를 구별하고 겹눈 아래 진심을 캐내려는 사람처럼. 나는 선생님의 눈동자를 번갈아 바라보았다. 쓰게 웃으며 선생님이 벼루 옆을 톡톡 두드렸다.

시야, 시.

벼루 밑에는 먹이 새지 않게 반절 신문지가 깔려 있었다.

선생님이 탁자 끝을 붙잡고 힘겹게 일어섰다. 약기운에 몸을 제대로 가누지 못했다. 선생님은 비틀거리며 안방 쪽으로 걸어갔다. 문이 닫혔다. 나는 먹 묻은 검지로 벼루 밑의 시를 더듬었다. 글자가 하나씩 지워졌다. 선생님은 완전히 망가져버렸다. 나는 목발을 짚어 거실과 베란다의 열린 창을 하나씩 닫았다. 맞바람이 가라앉으며 집안은 고요해졌다. 바닥은 빗물에 젖어 있었다. 개수대에 처박힌 칼들을 하나씩 제자리에 끼워 넣었다. 식탁 위 노란 전등의 불빛이 흐렸다. 칼을 꽂을 때마다 날카로운 칼 그림자가 내 가슴을 지나며 심장을 베었다. 장례식

장서 친할머니는 선생님에게 진짜 칼을 집어 던졌다. 칼은 선생님이 앉은 자리 바로 앞바닥에 정확히 내리 꽂혔다. 죽어. 모두가 놀라 물러섰다. 할머니는 누가 누구를 잡아먹고, 누구 때문에 누가 죽었다는, 그게 다 저 잡것 때문이어서 땡전 한 푼도 어림없다고 소리치다가 끝내 혼절했다. 검은 소복 차림의 선생님은 칼을 뽑아 치마 아래 묻었다. 무릎을 꿇고 등은 세워 반듯하게 앉아 기기괴괴한 표정으로 무언가를 중얼대는 선생님의 모습에 사람들은 기가 질렸다. 장례를 마치고 병원으로 온 고모는 내 다리를 붙들고 선생님은 울지 않았다는 것을 강조했는데 울지 않은 건 나도 마찬가지였다.

강물이 깊게 흘러서 물결은 잠잠했다. 나는 귀를 기울여 웡웡대는 물떼 소리를 들었다. 귓바퀴 안에서 끝없이 이명이 일었다. 무너진 터널 속으로 붉은 경차가 완전히 사라진 후 나는 밤마다 산책을 나갔다. 터널을 향해 부질없이 돌을 던지기도 했고 가로등 아래 서서 내 그림자를 지근지근 밟기도 했다. 물가에 숨어 상판 없는 다리 위를 걷는 상상도 했고 송신탑 꼭대기의 등이 점멸할 때마다 박자를 맞추듯 눈을 깜박이기도 했다. 내가 밖을 헤매는 동안 선생님은 약을 먹고 술을 마셨다. 불을 켜고 칼을 뽑고 창문을 열고 다니며 집 안을 헤맸다. 나는 산책을 끝내고 집으로 들어갈 때면 습관적으로 열린 창을 올려다보았다.

손등과 손등이 맞닿았다. 익숙한 향이 났다. 가는 팔다리와 밋밋한 가슴은 언뜻 보면 소년처럼 보이는데 반바지 아래 드러난 허벅지와 무릎은 살점이 뜯겨 허연 뼈마디가 드러나 있었고 마른 핏줄기가 발등까지 흘러 있었다. 엄지발톱의 보라색 페디큐어가 지저분하게 벗겨져 있었다. 딸깍, 소리가 났다. 발밑에는 검은 콜타르와 부러진 풀줄기뿐이었다. 유리 파편 위로 부서진 붉은 사이드 미러가 보였다. 가로등 빛에 미러가 반짝였다. 딸깍, 다시 소리가 났다. 나는 고개를 돌렸다. 여자는 절룩거리며 내게서 멀어지고 있었다. 여자의 오른손 아래로 뭔가가 끌렸다. 검은색 벨트였다. 끊어진 끝이 너덜거렸다. 딸깍, 딸깍. 나는 귀를 막았다. 보험 심사원은 내게 물었다. 왜죠, 왜 아버지만 안전벨트를 안 한 거죠? 안전벨트를 하고 있었다면 살았을지도 모릅니다.

몰라요. 모르겠어요. 기억이 안 나요.

나는 세차게 고개를 흔들었다. 그리고 네발짐승이 되어 강둑을 기어올랐다. 철심이 박힌 오른발이 맥없이 밀렸다. 왼발로 기슭을 디디고 마른 풀을 움켜쥐며 몸을 일으켰다. 풀에 벤 볼과 목덜미가 쓰라렸다. 길 어느 쪽으로도 여자는 보이지 않았다. 나는 무의식적으로 엄지를 접었다 폈다. 아무것도 기억나지 않았다.

아파트를 향해 걸었다. 외진 곳에 외로 선 아파트. 불 꺼진 집 집들. 그 속에 켜켜이 누워 잠들었을 지친 영혼과 육신들. 나는 다리를 절룩거리며 길을 건넜다. 공사장 물구덩이를 따라 크게 돌았다. 구덩이에는 때늦은 모기떼가 들끓었다. 신발 밑창에 젖은 흙이 들러붙어 발은 더 무거워졌고 발걸음은 느려졌다.

경비실은 잠겨 있었다. 나는 후드 티의 모자를 벗으며 위를 올려다보았다. 거실창이 닫혀 있었다. 불도 꺼져 있었다. 쉽게 잠든 밤일지도 몰랐다. 관목 속에 잿빛 고양이가 웅크리고 앉아 나를 경계했다. 바닥의 참치 캔이 보였다. 뒤로 꺾인 캔 뚜껑의 테두리가 날카로웠다. 고양이는 울지 않았다. 캔 뚜껑에 혀가 잘린 고양이를 상상하자 입안에 피 맛이 돌았다. 나는 주차된 차의 보닛을 짚고 운동화의 흙을 털었다. 밑창의 진흙이 족적 그대로 떨어져 나갔다. 신발 끝으로 흙을 문대버리고 다시 모자를 덮어 썼다. 주머니에 양손을 찔러 넣고 나는 어둠 속에 부랑자처럼 서 있었다. 절룩거리며 엘리베이터 앞으로 갔다. 엘리베이터는 사 층에 멈춰 있었다. 상행 버튼을 눌렀다. 막상 엘리베이터가 내려왔을 때 나는 타지 않았다. 이미 늦은 밤을 더 늘리지 못해 안달 난 사람마냥 나는 최대한 시간을 지체했다. 초록 비상등을 따라 계단을 하나씩 밟아 올라갔다. 한 번에 한 계단씩 디뎌 십사 층까지 오르려면 오랜 시간이 필요하다. 층이 바뀔 때마다 머리 위로 등이 켜졌다. 나는 어깨를 잔뜩 움츠렸다. 바닥으로 내 그림자가 엎어졌다.

손잡이를 놓자 짧은 잠김음과 함께 문이 닫혔다. 센서등이 켜졌다가 꺼졌다. 창은 모두 닫혀 집 안은 적막했다. 현관 앞에 놓인 신발은 평소 그대로였다. 선생님은 외출을 거의 하지 않았다. 약이 떨어질 때만 병원에 가기 위해 나가는 게 외출의 전부였고 몇 군데의 병원을 돌며 같은 약을 잔뜩 받아 돌아왔다. 의사는 중독과 부작용을 경고했지만 선생님은 개의치 않았다. 나는 어둠이 눈에 익기를 기다려 부엌으로 갔다. 가스 냄새는 없었다. 싱크대 위는 깨끗했고 하부장에는 칼이 빈자리 없이 꽂혀 있었다. 부엌과 마주한 안방 문은 닫혀 있었다. 나는 잠시 주저하다 손잡이를 천천히 돌렸다. 선생님은 없었다. 어두운 방의 침대는 누운 흔적 없이 깨끗했고 매트리스의 한 곳만 앉은 자리 모양으로 눌려 있었다. 손을 뻗으면 침대 옆 협탁이 닿을 자리였다. 협탁 위에는 약통이, 바닥에는 마시다 만 술병이 놓여 있었다. 나는 오목한 자리에 오도카니 앉은 선생님을 생각했다. 무감한 얼굴은 희미했다. 놀랍도록 기억나지 않는 얼굴이었다. 나는 그 자리에 앉아보려다 그만두었다. 불편한 다리를 접으며 침대 옆 바닥에 내려앉았다. 두 손으로 바닥을 짚었다. 상체를 낮춰 한쪽 뺨을 바닥에 댔다. 침대 밑은 더 어두웠다. 그 밑으로 팔을 뻗어 보았다. 마른 먼지만이 손바닥에 쓸렸다. 최대한 팔을 길게 뻗어 손을 내밀었지만 다가오는 손길은 없었다. 나는 몸을 일으키며 손바닥을 바지에 문질렀다. 그리고 약병의 약을 한 움큼 덜어 바지 주머니에 쑤셔 넣었다.

테이블 끝에 서서 거실을 둘러보았다. 벽에 걸린 화선지의 길 영을 눈으로 따라 써보았다. 영, 영. 나는 영원히 생매장된 삶을 살며 그 이전으로는 영영 돌아가지 못할 것이다. 어둠 속의 새장은 비어 있었다. 작은 문은 열려 있었고 새장을 덮었던 연보라색 스카프는 보이지 않았다. 검은 십자매 두 마리도 사라졌다. 아침에 낳았다는 알도. 애초부터 없었을지도 모른다. 테이블을 지나 새장 쪽으로 걸었다. 탁자 위에는 마른 벼루와 먹, 서예 교본뿐이었다. 스카프, 검은 스카프가 보이지 않았다. 나는 손으로 목을 감쌌다.

불 꺼진 부엌에서 머그컵 가득 물을 채웠다. 발등으로 물이 툭툭 떨어졌다. 그믐, 밤이었다. 해와 달이 함께 뜨고 함께 졌다. 빛이 없으니 그림자도 없었다. 눈에 설어 귀가 서는 밤이었다. 또옥, 똑. 물 떨어지는 소리가 들렸다. 발밑이 희미했다. 닫힌 문 아래로 빛이 새어 나왔다. 자로 대고 그은 듯한 얇은 빛이었다. 욕실이었다. 욕실은 내 방과 마주 보고 있었다. 나는 방문 손잡이를 놓고 욕실 쪽으로 돌아섰다. 또옥, 똑. 다른 기척은 없었다. 나는 욕실 문 위로 손을 뻗었다. 노크를 하려다 멈췄다. 손을 내려 손잡이를 잡았다. 손마디에 힘이 들어갔다. 욕실은 여느 집과 다를 바 없는 구조였다. 문을 열고 들어가면 좌측에 변기와 수건장이 있고 그 옆으로 세면대와 전면 거울이 있다. 안쪽에는 정사각형의 샤워 부스가 있다. 부스에는 해바라기 샤워기가 높게 달려 있다. 문틈의 빛을 지켜보았다. 어른거리는 그림자는 없었다. 나이테 무늬의 욕실 문을 뚫어져라 응시했다. 나는 손잡이를 놓았다. 그리고 한 걸음 뒤로 물러섰다.

빈 오른손을 왼쪽 가슴에 갖다 댔다. 흰 셔츠의 까슬한 감촉 아래 먹선의 미세한 질감이 느껴졌다. 셔츠 자락을 움켜쥐었다.

깨진 하늘이 아물 때에도
가슴에 뼈가 서지 못해서
나는 무너지는 둑에 혼자 섰다.

물을 마셨다. 천천히 다 마셨다. 주머니에 든 약을 만지작거렸다. 부엌으로 돌아가 컵을 깨끗이 씻어 건조대에 올려 두었다. 젖은 손을 수건으로 꼼꼼히 닦았다. 그리고 밸브를 열어 가스레인지를 켰다. 푸르스름한 불이 올라왔다. 하부장을 열었다. 칼들은 제 칼집에 얌전히 꽂혀 있었다. 나는 그것들을 하나씩 꺼내 조리대 위에 늘어놓았다. 칼 그림자가 셔츠의 난잎을 툭툭 베며 연거푸 가슴을 찔렀다. 칼들을 이리저리 흩뜨렸다. 가스 냄새가 훅 끼쳤다. 두 손으로 싱크대의 모서리를 붙들었다. 상체를 숙이고 헛구역질을 했다. 숨을 머금고 거실을 지나 창가로 갔다. 창을 열자 바람이 쏟아져 들어왔다. 벽에 걸린 화선지가 크게 들썩이더니 다시 가라앉았다. 나는 창틀 위에서 발돋움했다. 몸이 앞으로 쏠렸다. 안전바에 기댄 몸을 접어 숨을 몰아쉬었다. 발끝이 들리며 몸이 그네를 탔다. 바를 잡은 두 손에 힘을 주었다. 아래로 쏠린 머리카락이 뺨과 눈썹, 입꼬리에 달라붙었다. 나는 눈을 가늘게 떴다. 보이는 것보다 보이지 않는 것이 더 많았다. 사차선의 가로등 불빛이 전부였다. 길 끝에서 차 한 대가 나타났다. 차는 굴광성 식물처럼 빛을 따라가고 있었다. 경차였고 붉은 색이었다.

영영, 어둠에 묻힌 밤.

---

* 인용한 시는 김광섭의 시 「생의 감각」의 부분이다.

편서풍

이국의 라디오를 듣는다. 묽게 흐르던 재즈가 제자리에 고인다. 버퍼링 중이다. 영인은 폰을 내려놓고 찻잔의 티백을 건져낸다. 유리잔 속으로 웅크린 뒷모습이 보인다. 민달팽이처럼 작은 몸이다. 모노륨 장판의 옹이 무늬가 도드라진다. 걸레로 바닥을 훔치는 엄마의 손이 말랐다. 닦고 또 닦아도 옹이는 지워지지 않는다. 흉터라고 부르지 말라. 한때는 이것도 꽃이었으니. 비록 빨리 피었다 졌을지라도.* 어느 시의 첫 구절이 떠올랐다. 영인은 창가로 걸어간다. 부러 옹이 무늬를 골라 밟는다. 엄마가 야속한 눈으로 돌아보지만 영인은 무감하게 밖을 내다본다. 누런 하늘과 뭉개진 구름이 먹 조절에 실패한 수묵화처럼 번진다. 교정의 깃발이 팽팽히 날리고 가로수들은 일제히 한쪽으로 몸을 꺾는다. 서쪽과 동쪽의 농담이 확연히 달랐다.

황사야…….

창을 닫으며 영인이 나지막이 말한다. 엄마의 빈 걸레질은 하염없다. 물기에 살아난 옹이가 굴레가 되어 엄마를 가둔다. 마른 손으로 빈 가슴을 문지르던 엄마가 제 안의 옹이마저 어쩌지 못해 가슴을 친다.

오후 들어 콜이 늘었다. 황사에 관한 클레임이 대부분이었다. 북서쪽 하늘에 대고 삿대질을 하다 지친 사람들 중 몇몇이 남은 분을 콜센터에 풀어댔다. 그들은 예측의 정확성에 관한 항의로 시작해 나라님 욕으로 넘어가 정권 교체로 심판하겠다는 황당한 엄포를 놓고도 한참을 씩씩거리다 전화를 끊었다. 영인은 스톱 버튼을 누르고 헤드셋을 벗었다. 귓가에 남은 고성이 양쪽 귀를 번갈아 울려댔다. 오른쪽 관자놀이를 지그시 누르며 타이레놀 반쪽을 물 없이 씹어 삼켰다. 계절에 따라 바람의 방향도 변한다. 바람의 강약도 순간순간 달라진다. 무엇을 순풍이라 부를 수 있을까. 순풍은 어디서 불어오고 어디로 불어가는 것일까. 바람은 모두에게 다르게 분다. 때로는 앞에서 부는 바람이, 때로는 뒤에서 부는 바람이 순풍이 될 수 있다. 순풍에 마땅한 필요조건이란 게 있을까. 영인은 다시 헤드셋을 썼다.

안녕하십니까. 기상콜센터 상담사 이영인입니다. 무엇을 도와드릴까요?

저기요. 저는 초등학교 3학년, 김진준데요. 궁금한 게 있어요.

여름볕처럼 쨍쨍한 목소리였다. 말의 높낮이는 일정했고 말투에는 주저함이 없었다. 아이는 낯선 이에게 자신의 신분과 이름을 밝히는 데 전혀 거리낌이 없었다. 원만한 가정에서 잘 자랐을 것이며 몸과 마음에 아직은 어떤 손상도 입은 적이 없는 건강한 아이일 것이다. 영인은 아이가 가진 그 순진의 막대함이 부러웠다.

네. 궁금한 게 뭐죠?

지금 과학 숙제를 하고 있어요. 바람에 관한 거고요.

네.

바람이 불면 우리는 바람에 이름을 붙이잖아요. 동풍, 서풍, 남풍 그리고 북풍 이렇게요.

네. 맞습니다.

그럼요. 그 이름은요. 불어오는 쪽을 말하나요, 아님 부는 쪽을 말하나요? 그러니까 서풍이라 치면요. 서쪽에서 부는 걸 말하나요, 아님 서쪽으로 부는 걸 말하나요? 저는 부는 쪽이라고 하는데 친구는 자꾸 불어오는 쪽이래요.

네, 그건.

잠깐만요, 언니.

아이가 영인의 말을 잡아챘다. 언니라니. 붙임성까지도 좋은 아이였다.

스피커폰을 켤게요. 해피밀 내기를 했거든요. 친구랑 꼭 같이 들어야 해요.

잠시 소란스럽던 수화기 너머가 갑자기 조용해지더니 전화가 뚝 끊겼다. 버튼을 잘못 누른 모양이었다. 다른 자리는 모두 연결 중이었다. 영인은 아이의 전화를 기다렸다. 바로 콜이 떴다.

충성, 일병 김선호.

각 잡힌 목소리였다. 아이가 아니었다. 마주 앉아 해피밀 세트를 먹는 두 소녀가 떠올랐다. 아이야, 서풍은 서쪽에서 불어오는 바람이란다. 영인은 모니터의 시계를 보았다.

김 일병님. 오늘은 좀 이르네요.

소대의 주소를 입력하며 영인이 말했다. 소대는 동해안과 인접한 최전방에 위치했다. 경계 근무가 삼엄하고 작전 훈련이 많은 곳이었다.

곧 산악 훈련을 나가야 합니다. 새벽 예보 가능합니까?

기온, 풍향, 풍속은 오늘과 비슷해요. 황사 주의보 유효하구요.

기상 예보 확인은 말단 사병의 업무 중 하나였고 김 일병이 선임에게 넘겨받은 지 이제 이 주째였다.

자정 무렵부터 새벽까지 적설량 5밀리미터 내외의 눈 예보도 있네요.

아, 눈…… 눈 옵니까?

김 일병이 물었다. 폭설을 맞은 것처럼 말끝이 무너졌다. 눈을 좋아하는 남자는 있어도 눈을 좋아하는 군인은 없다. 그것도 최전방의 군인이라면 더더욱.

쓸 정도로 쌓이지는 않을 거예요. 봄이니까요.

그랬으면 정말 좋겠습니다.

그런데 김 일병님. 거기는 인터넷이 안 되나요?

아닙니다. 느리지만 가능은 합니다.

그러면 기상청 홈페이지에서도 예보 보실 수 있으세요. 번거롭게 전화하지 않으셔도 되세요.

아…… 네, 그렇습니까.

김 일병의 말끝이 흐려졌다. 짧은 정적이 흘렀다.

그러니까 제 말은…….

괜한 참견인가 싶어 영인은 말에 군살을 붙였다.

바쁘시니까 조금이라도 편하시라고.

압니다.

…….

목소리가 그립습니다.

김 일병이 숨죽여 말했다. 수화음이 둔탁했다. 키보드 위에서 영인의 손이 멈췄다.

사람이 그립습니다. 그런데 전화 걸 데가 없습니다……. 받아 줄 사람도 없는데 누군가의 목소리가 가끔 그립습니다.

영인은 키보드에서 손을 떼며 의자 등받이에 몸을 기댔다. 파티션 너머로 희붐한 창밖이 내다보였다. 두 손으로 수화기를 움켜쥔 김 일병의 작고 굽은 등이 모래 그림처럼 떠올랐다. 어느 화가의 블로그에 접속한 적이 있다. 거기서 동영상 하나를 보았다. 아무도 없는 넓은 해변에 갈퀴를 든 화가가 움직이고 있고 드론의 카메라가 그를 찍고 있다. 화가는 카고 반바지에 낡은 셔츠를 입었다. 올려 묶은 갈색 머리 아래 그을린 얼굴이 희미하다. 화가는 갈퀴로 모래 위에 그림을 그리고 있다. 갈퀴 끝에서 큰 원과 작은 원이 잇달아 생겨난다. 수많은 원이 해변 가득 퍼져 나가며 꽃과 나무가 되기도 하고 미스터리 서클이 되기도 한다. 이어진 영상 속에서 화가는 이제 바위 위에 앉아 있다. 그는 해변의 그림을 내려다본다. 그림은 해풍과 밀물에 반 넘게 지워졌고, 계속 지워지는 중이었지만 화가는 담담하다. 오히려 허무해진 건 영인이었다. 삶은 영원하지 않다, 삶은 기쁨을 주지 않는다. 화가의 인터뷰를 몇 번이나 다시 보았다. 사라지기 때문에 모래 그림은 더 감동적입니다. 화가는 그렇게 덧붙였다.

영인은 헤드셋의 수화기를 당겨 잡았다. 내일 새벽 최저 기온은……. 모니터의 기상 예보를 마저 읽었다. 목소리가 속절없이 낮아졌다.

마지막 콜을 끝내고 일어서는데 주머니에서 진동음이 들렸다. 폰을 쥔 손목이 저렸다. 통증은 점점 심해질 거라고 의사는 말했다. 오른 손목이 특히 심했는데 전혀 힘을 쓰지 못했다. 컵을 떨어뜨려 물을 쏟거나 폰을 놓친 적도 여러 번이었다. 액정 귀퉁이에는 실금이 무참히 생겼고, 폰은 제멋대로 켜지고 꺼지고를 반복했다. 약정 기간까지는 아직 몇 달이 남아 있었다. 영인은 왼손으로 폰을 옮겨 들고는 오른 손목을 가볍게 털었다. 실금 아래로 낯선 번호가 보였다. 통화 버튼을 누르자 건조하고 투박한 남자의 목소리가 들렸다.

이영인 씨?

네, 전데요.

경찰섭니다.

대꾸도 않고 끊으려는데 남자가 말했다.

허허, 보이스 피싱 아닙니다. 여민자 씨가 여기 계세요.

네?

어머니가 지금 경찰서에 계세요. 딸 맞죠?

차라리 교통사고로 병원에 실려 갔다면 믿을까 뜬금없이 경찰서라니. 엄마는 경찰서에 잡혀갈 만한 일을 저지를 성정이 결코 못 되었다. 엄마는 소심하고 나약하고 무기력했다.

저희 엄마가 왜 거기 계시죠?

사람을 팼습니다.

말끝으로 혀 차는 소리가 들렸다.

저희 엄마 그런 사람 아닙니다. 착오예요.

나 참. 목격자가 있는데 무슨 착옵니까. 박윤재라고 알아요? 고1.

형사가 내지르듯 말했다. 아차. 영인은 빈손으로 책상을 짚었다. 손목이 화끈거렸다.

일단 경찰서로 오세요. 여민자 씨가요, 묻는 말엔 대답도 안 하고 그저 울고만 있어요.

폰을 쥔 손이 뜨거웠다. 영인은 마구잡이로 서랍을 뒤졌다. 지독한 편두통이었다. 남은 약 반쪽이 보이지 않았다.

몇 주 전이었다. 오후 근무를 마치고 돌아온 영인이 늦은 저녁을 먹을 때였다. 엄마가 데운 찌개를 식탁에 내려놓으며 마주 앉았다. 그리고 찌개에서 건져낸 묵은지를 길게 찢어 작은 쪽을 영인의 밥숟가락 위에 올려주었다. 너무 익힌 묵은지가 입속에서 흐물거렸다.

됐어. 뜨겁잖아.

묵은지 몇 쪽을 더, 먹기 좋게 찢어 놓고서야 엄마는 뒤로 물러났다. 여느 때 같으면 밥상만 차려주고는 드라마 채널부터 챙기던 엄마였다. 하지만 그날따라 엄마는 반찬 시중과 공연한 행주질로 시간을 때우며 영인 앞을 서성였다. 영인은 수저를 내려놓고 일어섰다. 냉장고 맨 아래 칸에서 마시다 남긴 소주를 꺼냈다. 그리고 작은 머그컵 두 개를 꺼냈다. 집에는 변변한 소주잔 하나 없었다. 젓가락 한 벌도 꺼내 컵 옆에 내려놓았다. 술은 컵의 바닥을 덮을 만큼만 따랐다.

난 술 못 마시잖니.

말은 그렇게 했지만 엄마는 이미 술잔을 입으로 가져가고 있었다.

네, 네.

영인도 따라 컵을 비웠다. 익은 대파는 반으로 찢어 엄마와 나눠 먹었다. 남은 소주를 컵 두 개에 똑같이 나눠 따랐다.

애를 봤어. 오늘.

엄마가 말을 꺼냈다. 술 한 잔에 눈자위가 벌써 불그스름했다.

애? 누구?

걔 말야…… 윤재.

영인은 멈칫했는데 어떻게 내색해야 할지를 몰라 그저 젓가락으로 밥알만 셌다. 반가워할 수도 없고 새삼스럽게 울 수도 없었다.

설마 잊은 거야? 그…….

영인은 대답 대신 잔을 비웠다. 목울대가 뜨거워지며 코끝이 매웠다.

다 컸더라. 벌써 고등학생이야. 열 살이던 게 언제 그렇게 컸는지……. 그래도 우리 은호만은 못하지, 키며 인물이며.

엄마가 고개를 돌려 벽에 걸린 메달을 바라보았다. 웨이크보드 대회에서 은호가 딴 금메달이었다. 은호의 꿈은 프로 서퍼였다. 누나, 난 스물이 되면 쇼난 비치로 갈 거야. 멋진 파도가 있는 바다야. 그곳엔 아주 작은 라디오 방송국도 있어. 재즈 선곡이 굉장해. 들어볼래?

괜찮아?

영인이 물었다. 엄마는 병뚜껑의 꼬리를 일없이 계속 꼬았다. 불면증과 우울증을 앓고 있는 엄마는 주기적으로 상담을 받았고 심할 때는 약도 먹어야 했다. 영인도 엄마의 약에 손을 댄 적이 있다.

대견하더라. 말이라도 붙여보고 손이라도 한번 잡아보고 싶었는데…… 그건 아니지 싶어서. 그냥 보기만 했어. 아직 그 동네 사나 봐.

영인은 엄마의 옆얼굴을 바라보았다. 처진 눈매와 입매, 흐려진 턱선 아래 목주름이 짙었다. 병뚜껑 꼬리가 기어이 똑 끊기고 말았다. 엄마가 이번에는 병뚜껑을 안쪽으로 접어 넣기 시작했다. 시종 손을 가만두지 못했다. 영인은 손을 뻗어 엄마의 손을 붙잡았다. 엄마가 고개를 들었다. 잡은 손에 지그시 힘을 주며 영인은 엄마를 바라보았다. 엄마는 슬그머니 손을 빼더니 허리 뒤로 숨겼다. 무의미하게 고개도 끄덕였다. 입꼬리가 살짝 들린 게 웃고 있는 것도 같았다. 그때 영인은 엄마에게 좀 더 주의를 기울였어야 했다. 불안하게 흔들리던 엄마의 두 눈동자를 확인하고 입은 웃고 있지만 눈은 울고 있어 마치 피에로 같던 엄마의 뒤틀린 표정을 알아챘어야만 했다. 그랬더라면 오늘 형사의 전화는 받지 않았을지도 모른다.

붙여 놓은 장의자 두 개의 한쪽 끝으로 엄마가, 다른 한쪽 끝에는 그 애가 앉아 있었다. 키도 크고 덩치도 커졌지만 육 년 전 얼굴이 옅게 남아 있었다. 바지 밖으로 삐져나온 교복 셔츠의 아랫단에서 단추 하나가 대롱거렸다. 오른쪽 입술 위로 마른 핏물이 맺혀 있었고 뒤엉킨 머리카락은 한쪽으로 쏠려 있었다. 양 볼에는 손자국이 선명했다. 부어 오른 볼이 붉었다. 윤재는 시선을 바닥에 꽂은 채 연신 씩씩거렸다. 분이 솟구치는지 움켜쥔 두 손을 허벅지 위에서 방향 없이 문대며 오른발로 바닥을 탕탕 쳐대기도 했다. 흡, 영인은 숨을 깊게 들이마셨다.

파운데이션 자국이 얼룩덜룩한 엄마의 얼굴은 마치 해갈된 땅처럼 노곤해 보였다. 두 손엔 구겨진 휴지가 들려 있었다. 엄마의 초점 없는 두 눈이 음소거된 TV 뉴스를 향했다. 영인은 엄마의 눈꼬리에 말라붙은 휴지 조각을 하나씩 떼어냈다. 흠칫 놀란 엄마가 영인임을 알고는 두 손으로 마른 눈자위를 급히 쓸어 내렸다. 형사가 영인을 불렀다. 영인은 엄마의 등을 가볍게 쓸어주었다.

길 건너 대형마트 아시죠? 거기 보안 직원이 둘을 데리고 왔어요. 이런 자잘한 사고는 동네 지구대로 가면 될 걸 가지고 말이죠. 여튼, 추리닝 코너에서 저 아줌마가 저 애를 폭행했답니다.

형사의 손가락이 소파의 양 끝을 번갈아 가리켰다.

거기 직원이 하는 말이 따귀는 기본이고 등짝, 머리통까지 닥치는 대로 모지락스럽게 패더랍니다. 그렇게 패면서도 애한테는 한마디도 안 하더래요. 애는 소리소리 지르는데 말이죠.

영인이 뒤를 돌아보았다. 엄마가 붉은 손바닥을 멀거니 내려다보고 있었다.

처음엔 모자간인 줄 알았대요. 그런데 아이 말이 전혀 모르는 사람이래요. 아줌마는 아무리 물어도 꿀 먹은 벙어리지. 일이 그렇게 된 겁니다.

형사가 모니터에서 눈을 떼며 말했다. 성가신 표정이 역력했다.

누군지 알겠어요?

형사가 턱짓으로 윤재를 가리켰다. 영인은 대답하지 못했다. 형사가 손을 내저었다.

애 부모가 오고 있다니까 일단 기다립시다.

영인은 돌아서며 주머니에 손을 넣었다. 작은 알갱이가 만져졌다. 서랍에 넣어둔 줄 알았더니……. 정수기를 찾아 두리번거리는데 뒤에서 무거운 신음이 들렸다. TV를 보고 있던 엄마가 두 손으로 얼굴을 감쌌다. 앙상한 손가락 사이로 일그러진 얼굴이 보였다. 영인은 뉴스 화면을 올려다보았다. 화면으로 희뿜한 도시의 실루엣이 보였다. 코와 입을 가리고 걸음을 옮기는 사람들 주위로 먼지바람이 일었다. 하단으로 속보 자막이 흘렀다. 강원 산간 폭설, 훈련 중이던. 영인은 TV쪽으로 한 걸음 다가갔다. 군인 3명 실종. 자막은 바로 사라졌다. 폭설, 훈련, 실종의 단어만이 잔상으로 남았다. 영인은 빈 주먹을 움켜쥐었다. 강원 산간과 동해안에 예보된 적설량은 분명히 미미했다. 폭설은 전혀 예측되지 않았다. 애초에 폭설이 불가능한 시기였다. 그곳엔 바람이 불지 않았던 걸까.

부탁 하나, 해도 됩니까?

예보를 받아 적던 김 일병이 작게 속삭였다. 피로한 목소리였다.

저…… 한마디면 됩니다.

말씀 하세요.

밖을 살피는지 잠깐 뜸을 들이던 김 일병이 좀 더 낮춘 목소리로 말했다.

저에게…… 저에게 말입니다.

영인은 가만히 기다렸다.

파이팅, 파이팅 하라고…… 한번만 말해주시면 됩니다.

수화기 너머와 이쪽이 동시에 적막해졌다.

김 일병님.

네…….

사적인 대화는 금지입니다.

그렇습니까…… 죄송합니다.

죄송할 일도 아닌데 김 일병은 죄송하다고 했다. 잘못 없이 주눅부터 든 아이처럼. 속상한 마음에 영인이 입을 다물자 김 일병도 말이 없었다. 누가 먼저 끊지도 않았다.

김 일병님.

듣고 있습니다.

……제게도 동생이 있어요.

그렇습니까.

김 일병님 또래고 이름도 비슷해요. 은호, 이은호예요.

군대는 갔습니까? 어느 부대에 있습니까?

아뇨. 아직, 아직이요.

군대는 늦게 가면 정말 힘듭니다. 얼른 가라고 하십쇼.

……그래요.

잠깐 뜸을 들인 후 김 일병이 다시 입을 열었다.

어제 꿈을 꿨습니다. 야간 보초를 서는데 제 머리 위로만 자꾸 눈구름이 모였습니다. 걷어낼 생각에 총부리로 툭 건드렸더니 갑자기 구름이 터지며 눈이 쏟아졌습니다. 무서운 꿈이 아닌데도 저는 너무 무서웠습니다.

걱정 마세요. 내일 바람이 불면 눈구름도 밀려날 거예요.

밖에서 부릅니다. 이제 가봐야 합니다.

잠깐만요, 김 일병님.

말씀하십시오.

……파이팅, 파이팅 하세요.

……고맙습니다.

영인은 김 일병이 전화를 끊기를 기다렸다가 천천히 스톱 버튼을 눌렀다. 연이어 콜이 들어왔지만 내버려두었다.

엄마가 처음부터 윤재의 뒤를 따라다닌 건 아니었다. 우연히 시작된 그림자 밟기였다. 영인의 집 근처에 고등학교가 하나 있는데 윤재가 그 학교에 다니고 있었다. 엄마는 부러 기다리지도 않았고 쫓아다니지도 않았다. 단골 분식집과 오락실을 알고 가끔 벤치에 앉아 윤재의 체육 수업을 구경하는 정도였다. 처음엔 그랬다. 우리 은호도 그랬겠지. 수업 마치면 친구들이랑 어울려서 좋아하는 튀김이랑 핫도그도 사 먹고 요즘 가수 노래도 따라 부르고 농구도 하고 그랬겠지. 백팔십이 훌쩍 넘는 사내대장부가 되었겠지…… 분명히 그랬을 거야. 영인은 위로와 위안에도 임계점이 있으며 그 지점을 넘어서면 의심과 회의로 변질될 수도 있다는 걸 몰랐다. 투영과 대입을 통해 윤재에게서 은호를 찾으려 했던 엄마가 시간이 흐르면서 오히려 은호의 부재를 절감하기 시작했다.

그 애는 여기에 있는데 우리 은호는 여기에 없어. 말이 되니?

요새 애들 다 그런다니? 윤재, 말이 얼마나 거친지. 하는 말에 반이 욕이다. 말끝마다 씨발, 씨발 하는데. 우리 은호는 어디 그런 말 할 줄이나 알았니. 하는 짓도 그래. 길바닥에 침 뱉는 건 예사고 자리 양보할 줄도 몰라. 못 본 척 폰만 들여다보는데 어찌나 민망한지. 내가 자리를 내주고 말았다. 어쩌면 그럴 수 있니. 걔는 그러면 안 되는 거야. 은호라면 감히, 우리 은호는 절대로…….

요즘 애들 다 그래.

영인은 건성으로 대답했다.

아니. 세상 모든 애들이 그렇다 해도, 그렇다 쳐도 걔는 그러면 안 된다. 윤재, 걔만큼은 그러면 안 되는 거다.

엄마는 무섭도록 단호했다.

문 안쪽을 기웃거리는 중년의 남녀가 보였다. 그을린 피부와 주름진 얼굴, 뭉툭한 손끝에서 삶의 피로와 빈곤함이 언뜻 비쳤다. 늙었다기보다는 시들었다는 말이 더 어울려 보였다. 달려 들어온 여자가 윤재의 벌겋게 부은 얼굴을 감싸 쥐고는 삭은 소리를 냈다. 여자의 울음은 바짝 메말라 있었다. 윤재가 몸을 틀었지만 여자는 아랑곳하지 않았다. 뒤미처 들어오던 남자가 구석의 영인과 엄마를 알아보고는 자리에 우뚝 섰다. 당혹스러움과 난감함이 얼굴에 비쳤다. 짧고 뭉툭한 두 손을 맞잡으며 남자가 고개를 숙였다. 육년 전처럼 말은 없었다.

형사가 손바닥을 부딪치며 자리에서 일어섰다.

자자, 다 오셨으니 이제 정리합시다. 일단 아주머니는 폭행죕니다. 학생 부모님하고 합의 보시구요. 그리고 얘, 얘는 절도죕니다. 뭐를 훔쳤냐면요.

형사가 다가와 윤재의 허리춤과 목덜미로 손을 깊숙이 넣어 남색 옷자락을 당겨 냈다.

매장에 진열된 남색 추리닝 한 벌을 훔쳐 입었어요. 옷 속에 껴입고 나오다 이 아주머니한테 들킨 모양인데. 그러면 매장 직원한테 신고를 하면 되는 거지. 남의 집 애는 왜 패서 경찰서까지 끌려옵니까. 지나치게 정의로워도 위험한 세상이에요. 따님이 엄마 단속 좀 하시구요. 어떻게, 폭행 건은 합의 보시겠습니까?

형사를 제외한 모두가 말이 없었다. 합의는 둘째 치고 시비조차 가릴 기미도 보이지 않았다. 형사가 헛기침으로 재촉했다. 윤재를 그러안은 여자가 영인의 눈치만 보았다. 반쯤 돌아앉은 엄마는 남의 일처럼 무심했다. 숱이 적은 정수리에는 흰 머리카락이 더 많았다. 자란 건 저 아이뿐이구나. 모두 시들고 말았어. 영인은 손목을 털며 창밖을 보았다. 바람은 여전했다. 열린 창틀 위에 누런 먼지가 얇게 쌓여 있었다. 합의 안 하실 겁니까. 형사가 허리춤에 손을 올리며 남자에게 물었다. 저, 잠깐만. 주저하던 남자가 형사의 한쪽 팔을 붙들었다. 뭡니까. 형사는 남자에게 끌려 나가며 영인에게 기다리란 손짓을 보냈다. 영인은 엄마의 두 손을 헐겁게 잡았다. 집에 가자. 엄마는 엉거주춤 몸을 일으켰다. 영인은 엄마의 비뚤어진 옷깃을 바르게 폈다. 엄마의 손을 고쳐 잡는데 여자의 허리춤 뒤에서 낮게 내뱉는 소리가 들렸다.

애…….

영인이 한 발 다가섰다.

너, 지금 뭐라 그랬니?

아무 말도 안 했어요.

여자가 등으로 영인을 막아서며 대꾸했다. 영인이 여자의 팔목을 잡았다.

금방 무슨 말을 했다구요. 너, 다시 말해봐.

영인이 다그쳤다.

아무 말도 안 했다니까요.

분명히 무슨 말을 했어요, 했다구요.

……씨발, 좆나 재수 없게.

영인은 순간 제 귀를 의심했다. 두어 걸음 물러섰다. 곧추 선 몸에서 힘이 빠졌다.

어…… 떻게…… 어떻…… 게.

윤재가 더는 못 견디겠다는 듯 여자의 몸을 확 밀쳤다. 밀려난 여자가 팔을 벌려 몸을 부풀리며 영인 앞에 벽을 만들었다.

어떻게…… 어떻게…… 어떻게! 어떻게! 어떻게!

영인은 주먹을 꽉 쥐었다. 주먹 안에서 엄마의 작은 손이 부들부들 떨렸다. 머릿속으로 많은 말들이 떠올랐지만 입 밖으로 나온 말은 너무나 단순해서 영인 스스로 화가 날 지경이었다. 미처 발화되지 못한 많은 말들을 머금고 영인은 몸을 떨었다.

남자와 형사는 복도 끝 자판기 앞에 서 있었다. 형사가 인기척에 돌아보았지만 멀어지는 영인 일행을 불러 세우지는 않았다.

늦은 밤 도시의 변두리로 향하는 버스에는 승객이 적었다. 종점으로 향할수록 타는 이보다 내리는 이들이 더 많았다. 라디오에선 남쪽의 항구 이름이 들어간 노래가 다른 주파수에 섞여 흘렀다. 가수는 같은 가사를 계속 반복해 불렀는데 그 걸러지지 않은 까끌거리는 목소리가 바짝 마른 밤과 꽤나 어울렸다. 누군가 허밍으로 작게 따라 불렀다. 쇼난 비치는 어디에 있을까. 작은 바닷가 마을이라는데. 바람과 파도가 적당해 서핑하기에 좋은 바다라고 은호가 그랬지. 멘트 대신 가끔 파도 소리를 들려주는 라디오. 귀를 기울이면 아주 희미하게 기차 지나가는 소리가 들리는데. 소리는 금세 사라져 기차가 아닐지도 몰라, 어쩌면 전차일지도. 영인은 창 쪽으로 머리를 기울인 채 짙어지는 황사를 내다봤다. 밤부터 잦아든다던 황사가 점점 심해졌다. 엄마는 오른손으로 앞깃을 단단히 여민 채 고개를 숙이고 있었다. 느리고 가는 숨 사이로 거친 신음이 추임새처럼 섞여들었다. 집까지는 아직 몇 정거장이 남았다. 승객들이 내리고 버스의 뒷문이 막 닫히려는 순간이었다. 갑자기 벌떡 일어난 엄마가 버스에서 내려버렸다. 놀란 영인이 쫓아 내리다 닫히는 문에 부딪히고 말았다. 기사의 욕지거리를 뒤로 하고 영인은 지나온 길을 돌아보았다. 인도 한가운데 쪼그리고 앉은 엄마가 보였다. 욱, 욱. 엄마가 속을 게우고 있었다. 부서진 과일 조각 몇 개가 위액에 섞여 바닥으로 쏟아져 내렸다. 입가에서 늘어진 침이 부는 바람에 볼 쪽으로 쓸렸다. 영인은 두 손을 엄마의 겨드랑이 사이로 집어넣었다. 일으키려는데 손목이 시큰거렸다. 엄마는 마치 속을 다 빼버리려는 듯 빈속을 뒤집었다. 순간 바람이 일었다. 보도블록 위로 맴을 돌던 잔모래들이 풀썩거리며 솟아올랐다. 정면으로 들이치는 모래 바람에 영인은 반사적으로 눈을 감았지만 입과 코에서 퍼석거리는 모래까지는 어쩌지 못했다. 지독한 편서풍이었다. 몇몇 사람이 바람을 등지고 뒷걸음질 쳤다. 영인의 가랑이 사이에서 엄마는 모래바람을 그대로 맞았다. 지나던 사람들이 힐끔거리며 쳐다보았다. 영인이 다시 일으키려 했지만 엄마는 꼼짝도 하지 않았다. 부러 그러는 듯 힘을 뺀 채 억지를 부렸다. 영인이 아무리 힘을 써봐도 마찬가지였다.

제발, 좀!

영인이 맥진한 얼굴로 엄마의 굽은 등을 내려다보았다.

뱉은 말이 그대로 바람에 쓸려버렸다. 소처럼 눈을 끔벅거리며 엄마는 맨손으로 바닥을 연신 움켜쥐었다. 영인은 가방을 바닥에 내려놓고 여민 코트의 단추를 하나씩 풀었다. 그리고 양 손으로 코트 자락을 잡아 벌렸다. 불어온 바람이 영인의 뒷머리를 잡아채 사방으로 흔들었다. 영인은 벌린 코트 자락으로 엄마를 덮었다. 바람은 쉬이 멎지 않았다.

수면제를 먹고서야 엄마는 간신히 잠들었다. 오히려 잠 못 든 건 영인이었다. 설핏 잠들었다 깨어보니 겨우 두 시간이 지나 있을 뿐이었다. 영인은 안방 문을 닫고 거실 소파에 기대앉았다. 발밑이 서걱거렸다. 영인은 발을 모아 들며 몸을 말았다. 그리고 폰을 열었다. 네모칸 속에서 커서가 깜박거렸다. 폭설, 훈련, 실종을 차례대로 입력했다. 망설이다 검색 버튼을 눌렀다.

비슷한 제목의 뉴스 여러 개가 연달아 올라왔다. 영인은 가장 가까운 시간대의 뉴스를 열었다. 서너 줄의 짧은 기사였다.

> 동해에 인접한 강원 산간 지방에 때아닌 폭설, 산악 훈련 중이던 인근 부대 소대원 3명 실종. 밤샘 수색 작업 끝에 구조. 1명 사망, 2명은 중상, 긴급 후송.

영인은 폰을 움켜쥔 두 손 위로 머리를 떨궜다. 눈을 감고 숨을 크게 쉬어보았지만 몸은 여전히 떨고 있었다. 그날의 폭우도 예보에 없었다.

이른 더위에 계곡과 해변의 한철 장사가 기지개를 켜던 즈음이었다. 기상 캐스터는 주말 내내 더위가 계속될 거라고 예보했다. 이른 피서를 떠난 사람들 속에 영인과 은호 그리고 이종 사촌 둘이 있었다. 넷은 멀지 않은 계곡으로 물놀이를 갔다. 작은 아이스박스에 먹을거리를 챙겨 넣고 갈아입을 옷과 수건만 챙겨서 떠난 가벼운 나들이였다. 장마 끝이라 계곡에 물은 넘쳤다. 넷은 청록빛 소를 건너 계곡 기슭에 자리를 잡았다. 볕을 피하기 좋은 나무 그늘과 자리를 깔기 좋은 너럭바위들이 많았다. 옆자리에는 먼저 온 가족이 김밥을 먹고 있었다. 이미 한바탕 물놀이를 했는지 초등학생 저학년과 유치원생으로 보이는 남자애 둘은 홀딱 젖어 있었다. 은호와 사촌들은 그늘막을 치자마자 웃옷을 벗어 던지고는 물속으로 뛰어들었다. 수영을 못하는 영인은 그늘 아래 다리를 뻗고 누웠다. 졸다 깨기를 반복했다. 나무 그늘 사이로 느리게 움직이는 큰 먹장구름이 보였지만 영인은 설마, 하며 손을 들어 볕을 가렸다. 손등으로 빗방울 하나가 떨어졌다.

지나가는 비라고 여기기엔 바람이 거셌고 빗줄기는 굵었다. 영인과 은호, 사촌 둘은 그늘막 아래 일렬로 쪼그려 앉아 비를 살폈다. 계곡물은 순식간에 불어 폭과 깊이가 처음과 확연히 달라 보였다. 청록빛 물은 흙탕으로 변해 맴을 돌고 있었다. 안 되겠어. 영인이 자리에서 일어섰다. 건너자. 넷은 짐을 챙겨 나눠 들었다. 건너올 때 무릎 위에 차던 물이 두 배 이상으로 불어나 배꼽까지 올라와 있었다. 사촌 둘이 먼저 건너고 은호와 영인이 뒤를 따랐다. 옆자리의 가족이 불안한 시선으로 그들을 지켜봤다. 폭우였다. 산속은 순식간에 어두워졌다. 반쯤 건넜을 때 영인은 발을 헛디뎠다. 물살이 허리를 휘감았다. 허우적거리는 영인을 은호가 잡아채 둘러업었다. 몇 번을 휘청이다 간신히 물을 건넜다. 지켜보던 아이 아빠도 더는 안 되겠다 싶었는지 큰 아이를 업고 물로 들어섰다. 작은 아이와 아이 엄마는 나무 밑에서 지켜보았다. 물은 점점 불어나 어른 가슴께까지 올라왔다. 턱까지 차오른 물에 숨을 놓친 아이가 물에 잠기기 시작했다. 아빠의 목에서 아이의 손이 하나씩 떨어져 나갔다. 아이 아빠가 다급하게 손을 뻗었지만 아이는 잡히지 않았다. 아이 엄마가 비명을 질렀다. 누군가 물속으로 뛰어들었다.

번호를 입력하고 지우고를 몇 번이나 반복했다. 제대로 잠을 못 자 흐릿한 정신에 하는 괜한 짓이란 생각도 들었다. 똑같은 꿈을 며칠 내리 꾸지 않았다면 전화할 엄두까진 내지 않았을 것이다. 눈이 내리는데 물이 불고 비가 내리는데 눈이 쌓이는 알레고리 같은, 폭설과 폭우가 기괴하게 반복되는 꿈이었다.

관계가 어떻게 되십니까? 저쪽에서 물었다.

누나, 누나예요. 영인이 대답했다.

종이 넘기는 소리가 들렸다.

친누나 되십니까?

아…… 네.

무슨 일 때문에 그러십니까?

뉴스를 봤는데, 아무래도 선호 부대인 거 같아서…….

죄송합니다. 군에 관한 사항은 함부로 말씀드릴 수 없습니다.

누나인데도요?

김 일병에게는 친누나가 없습니다. 그리고 이미 직계 가족에게 연락이 갔습니다.

들은 말도 없는데 모든 걸 다 알아버린 기분이었다.

가족 아니면 정말 안 되나요?

안 됩니다. 김 일병 부모님께 확인해보십시오.

왜요…… 왜요? 사람이 사람을. 그러니까 사람이 사람을요, 좀 걱정하면 안 되나요? 누가 누구를 걱정하는 게…… 꼭 가족이어야만 하는 건 아니잖아요. 가족이 아니어도 걱정할 수 있는 거잖아요.

죄송합니다. 기밀입니다.

아뇨, 아뇨. 알아야겠어요. 말해주세요.

죽고 싶다는 영인에게 상담사는 죄책감을 버리라고 했다.

삶에 경계를 두지 마세요. 생과 사, 그 사이에는 아무것도 없습니다. 나는 여기 있고 너는 여기 없다, 로 구분하지 말고 나는 여기 있고 너는 거기 있다, 라고 생각해보세요.

나는 여기 있고 너는 거기 있어. 나는 여기 있고 너는 거기……. 중얼거리는 영인의 손에서 폰이 툭 떨어졌다.

한 계절이 지났고 날은 무더워졌다가 서늘해졌으며 때늦은 태풍 하나가 북상 중이었다. 주변의 비구름을 흡수하며 세력을 키운 태풍은 빠른 속도로 한반도를 향해 북진하고 있었다. 기상청은 태풍 경로에 관한 예측을 유보했다. 중앙고원에서 시작된 서풍의 세력이 정확히 예측되지 않았기 때문이다. 풍속에 따라 태풍이 중국이나 한반도 또는 일본 중 어느 쪽으로 향하느냐를 정확히 예측할 수 있었다.

영인은 파티션 삼면에 붙여 놓은 포스트잇을 하나씩 떼서 휴지통에 버렸다. 물티슈로 파티션과 책상 위를 구석구석 닦았다. 그리고 식염수를 살짝 묻힌 면봉으로 헤드셋도 깨끗이 청소했다. 더는 영인의 자리가 아니었다. 폰이 울렸다.

영인아, 바람이 많이 분다.

그러게. 제법 부네.

많이 늦어? 엄마, 너무 무서워.

밥만 먹고 갈게.

빨리 와.

응.

우리 딸, 이제 백수네. 내일부터 뭐할 거야?

글쎄…… 일단 늦잠부터 실컷 잘래. 손목 치료도 좀 받아야 하고. 그리고…….

영인은 말을 멈췄다. 불현듯 떠오른 생각에 스스로도 놀라 영인은 잠시 머뭇거렸다.

쇼난 비치에 가보려구.

거기가 어딘데?

모르겠어. 순풍이 부는 곳이라고 들었어.

우리나라 아니고? 다른 나라?

아마도…… 동쪽 어딘가.

애도 참, 실없긴.

엄마가 실소했다. 헛웃음이었지만 엄마의 웃음소리를 들은 게 정말 오랜만이어서 영인은 마음 한쪽이 뻐근했다. 서로에게 바람이면서 바람막이였던 시간이 있었다. 때로는 순풍이면서 역풍이기도 했다. 가장 가까이서 가장 많은 상처를 주고받았다. 앞으로도 쉽게 나아질 거란 기대는 하지 않는다.

편지가 왔어, 너한테.

영인이 손을 멈췄다. 손에 든 면봉이 툭 부러졌다.

그런데 어쩌냐. 비에 젖어서 보낸 사람이 지워졌어.

못 읽게 됐어?

아니. 그 정도까지는 아니고. 드라이기로 대충 말리긴 했어.

전화를 끊고 영인은 서랍의 맨 아래 칸을 열었다. 편선지 세트가 들어 있었다. 옛날식 편지지를 찾는 영인에게 문구점 주인이 이것뿐이라며 내민 건 어린이용 편선지 세트였다. 겨울왕국 캐릭터가 그려진 편지지와 편지 봉투였다. 영인은 편지 한 통을 썼다. 몇 번이나 주저하며 주소를 적었다. 내용은 짧았다. 그날 이상하게 예보는 맞지 않았으며, 이상하게 그곳만 바람이 불지 않았다고. 너는 괜찮냐고, 너는 괜찮냐고.

추어탕을 먹는 것으로 송별회를 대신했다. 식당 입구에 서서 십여 명의 동료들과 차례대로 악수를 나눴다. 빗발은 가늘어지는데 바람은 점점 세지고 있었다. 현수막이 둥글게 부풀었다. 몇 명이 우산을 손에 든 채 주저했다. 길 건너 행인이 바람에 맥없이 끌려가고 있었다. 태풍이 살짝 비껴가겠는데요. 뒤의 누군가가 말했다. 바람 덕인가요. 그 옆의 누군가가 물었다. 자, 갑시다. 센터장이 우산을 바짝 당겨쓰며 앞장섰다. 몇몇이 비슷한 모양새로 새끼 오리처럼 따라 붙었다.

영인은 가방에서 삼단 우산을 꺼냈다. 사은품으로 받은 빨강 우산이었다. 받쳐 쓰고 몇 발짝 떼지도 못했는데 우산이 훌렁 뒤집어졌다. 고스란히 드러난 우산살이 늑골처럼 정연했다. 우산을 바로 뒤치지도 못하고 영인은 바람에 떠밀렸다. 일행과는 점점 멀어지고 있었다.

뒤집힌 우산이 머리 위에서 꽃이 되었다. 빗방울이 꽃잎처럼 떨어졌다. 영인은 바람을 따라 걸었다. 어쩔 수 없었다. 순풍이었다.

---

* 류시화의 시 「옹이」에서 인용.

오키나와 데이트

J 신문, 위클리 J, 4월 3일 (토) 〈공연 읽어 주는 시인〉 시인 양수영 기고

지난 27일 평화 기념관 내 대강당에서 문화 행사의 일환으로 「봄의 기억」 공연이 열렸다. 비 오는 궂은 날씨에도 불구하고 300석의 공연장은 관객들로 가득 찼다. 공연은 탐라의 신화를 춤으로 형상화한 남윤(29, 우리춤 단원)의 고전무용, 하멜의 섬 도착 장면을 발레로 재해석한 김명훈(32, 발레시어터 수석무용수)의 모던 발레, 지난해 세계창작무용제에서 그랑프리를 수상한 고유진(27, 듀크대 재학 중)의 '해녀춤 연작'이 본 프로그램으로 구성되어 두 시간여 가까이 진행되었다. 공연이 끝난 후 대기실을 찾아 세 명의 무용수와 짧은 인터뷰를 가졌는데 그중 고유진 씨와는 구면이었다. 반갑게도 그녀가 먼저 알은체를 해주었다.

이번에 공연한 작품은 기존 '해녀춤 연작'의 네 번째 라인이며 세계창작

무용제 수상작인 '오키나와 해녀춤'이었다. 해녀춤 1, 2, 3으로 이어지던 연작의 제목이 바뀐 점에 대해 나는 묻지 않을 수 없었다. 궁금한 거 하나 더. 이전 연작에서는 흰 테왁*을 소품으로 사용했는데 이번엔 없었어요. 특별한 이유가 있을까요. 옛날 해녀복을 입은 그녀가 대답 대신 흰 저고리의 고름을 만지작거렸다. 한쪽 고름이 지나치게 길었다. 말하자면 좀 길어요. 그녀가 대답했다. 나는 그녀가 일정을 마칠 동안 기다리겠다고 말했다. 기념관 내 카페에서 한 시간쯤 기다렸을 때 해녀복 차림 그대로인 그녀가 돌아왔다. 물 마실 틈도 없었어요. 자리에 앉자마자 그녀는 얼음이 채 녹지 않은 아이스티의 절반을 한입에 비웠다. 아, 좀 쓰네. 그녀가 미간을 살짝 찡그렸다. 작가님은 여주차 드셔 보셨어요? 여주차요? 내가 되묻자 그녀가 고개를 끄덕였다. 여주는 오키나와의 특산물이에요. 잠시 사이를 둔 그녀가 입을 열었다. 그곳을 생각하면 입안에 쓴 맛부터 돌아요. 그녀가 침을 모아 삼키며 숨을 골랐다. 이후부터는 그녀에게 들은 '오키나와 해녀춤'에 관한 이야기다.

*

혼저옵서예. 비바리** 고유진.

짐을 찾아 입국장으로 나가자마자 피켓 하나가 눈에 들어왔다. 한자와 영어, 일어가 뒤섞인 피켓들 사이에서 유독 높게 들

---

* 해녀들이 바다 작업을 할 때 쓰는 어로 용구. 지름 25cm 내외의 공 모양이다.
** 처녀 (제주 방언)

린 피켓이었다. 반가움보다 민망함이 더했다. 나는 입국장 바깥으로 잔걸음을 옮겼다. 내 얼굴을 알 리 없는 피켓맨은 여전히 입국장을 향해 피켓을 흔들고 있었다. 나는 암호를 대듯 낮게 속삭였다.

고유진이에요.

피켓맨이 돌아섰고 나는 한 걸음 뒤로 물러섰다.

고유진 상?

내가 힘주어 고개를 끄덕이자 피켓맨이 피켓을 든 채 활짝 웃었다. 나는 따라 웃으며 피켓을 든 팔을 잡아 내렸다. 잘생긴 젊은 남자였다. 큰 키에 몸은 날씬했고 바람에 쏠려 한쪽으로 흐른 머리는 자연스러웠다. 이 서류를 받을 사람이 공항으로 마중 나올 거다. 공연에 대한 당부와 함께 교수님은 도톰한 서류 봉투를 내게 맡겼다. 공연할 대학의 학생회 임원인가 보지. 어느덧 내 상상은 여행지 로맨스까지 뻗쳐 내심 흐뭇해졌다. 이어질 다음 대사를 기대했지만 피켓맨은 속없는 사람처럼 벙글벙글 웃기만 했다. 그리고 목을 길게 빼서 내 어깨 너머를 계속 살폈다. 빈 웃음만 주고받는데 피켓맨이 갑자기 손을 번쩍 들어 흔들었다. 일행이 더 있구나. 나는 김샌 표정으로 피켓맨의 시선을 따라갔다. 한 남자가 손을 허우적거리며 달려오고 있었다. 남자는 바랜 흰 셔츠에 주름진 회색 정장 바지를 입고 낡은 구두를 신고 있었다. 양쪽 구두 발등에는 깊은 주름이 자리 잡고 있었다. 검정 숄더백이 남자의 어깨에서 앞뒤로 흔들렸다.

남자는 나와 피켓맨을 번갈아 바라보며 달려왔다. 가까이서 보니 눈꼬리가 심하게 처져 그냥 억울한 인상이었다. 좁은 이마에는 구두 발등보다 짙은 주름 두 개가 잡혀 있었다. 피켓맨과 달리 많이 늙었고 훨씬 작았고 몹시 남루했다. 일본인인지 한국인인지 쉽게 분간이 가지 않았다. 올해 일흔셋인 월정리 외할머니 또래 같았다. 그러니까 할아버지.

고유진 님?

남자가 내게 물었다. 나는 못내 미심쩍은 얼굴로 고개를 끄덕였다. 그제야 남자는 안심한 듯 어깨 힘을 축 빼며 웃었다. 남자는 피켓맨을 향해 고개 숙여 몇 번이나 아리가또를 외쳤고 피켓맨은 피켓을 내게 건네며 거푸 다이조부로 응답했다. 나는 피켓을 들고 그 사이에 미아처럼 서 있었다. 나는 코끝을 실룩이며 생각했다. 완전 속았어. 큰 걸음으로 멀어지는 피켓맨을 눈으로 쫓는데 남자가 이번엔 나를 향해 고개를 숙였다. 일본어 억양이 섞인 어색한 한국말이었다.

미안합니다. 오래 기다리셨습니다. 화장실이 급해 잠깐 자리를 비웠습니다. 청년은 렌터카 사무소의 아르바이트생입니다.

어른의 사과를 받기만 하기도 뭐해서 그를 따라 나도 두어 번 굽실거렸다.

차는 주차장에 있습니다. 저를 따라오십시오.

남자는 내 캐리어를 당겨 잡았다.

피켓도 제게 주십시오.

나는 샐쭉하며 대답했다.

이거요, 비바리라뇨.

나는 피켓을 휙 뒤집어 안았다. 내 얼굴을 빤히 보던 남자가 되물었다.

혹시 넹바리*입니까?

헐.

나는 무턱대고 가까운 출구 쪽을 향해 종종걸음을 옮겼다. 캐리어 끄는 소리가 따라왔다. 출구의 자동문이 열리자 따뜻한 해풍이 숨에 섞여 들었다. 섬사람들이 간간짭짤한 갯바람이라고 부르는 바닷바람이었다. 공항 외벽에 붙은 다양한 색의 타일이 눈에 들어왔다.

Welcome to OKINAWA

평일의 주차장은 한산했다. 주차된 차는 소형차가 대부분이었다. 그(고유진은 여기서부터 남자에 대한 호칭을 그라고 바꿨다)는 앞코가 납작한 소형차의 트렁크에 내 캐리어를 간신히 집어넣었다. 내가 오른쪽 조수석의 손잡이를 잡으려는데 그가 손을 내저었다.

고유진 님. 아닙니다, 아닙니다.

놀란 내가 돌아보자 그가 반대쪽 뒷문을 열며 이쪽이라고 손

---

* 결혼한 여자 (제주 방언)

짓했다. 나는 고개를 숙여 차 안을 들여다보았다. 조수석인데 핸들이 보였다. 그제야 한국과 일본은 운전석이 반대라는 게 생각났다.

조심하십시오.

그가 뒷좌석에 오르는 내 머리 위로 손을 뻗었다. 그리고 걸린 옷자락은 없는지 세심하게 확인하고는 문을 닫았다. 신사 같은 그의 제스처에 당황한 건 오히려 나였다. 드라마 밖에서도 이렇게 행동하는 사람이 있다는 게 좀 놀랍기도 했고 신기하기도 했다. 사이드 미러 속에서 그가 말했다.

고유진 님. 그럼 출발하겠습니다.

나는 고개를 끄덕이기도 그렇고 네, 라고 대답하기도 그래서 말을 돌렸다.

그런데 왜 자꾸 말씀하실 때마다 제 이름을 붙이세요?

그가 시동을 걸며 말했다.

한국에서 온 귀한 손님이니까요. 고유진 님은 고을나*의 후손이지요?

한국분이세요?

일본 사람 같습니까?

그가 되물었다. 신호에 걸린 차가 정지선 앞에서 멈췄다. 몸을 살짝 비튼 그가 한쪽 무릎 위로 두 손을 모았다.

---

* 탐라국의 3 시조신(고을나, 양을나, 부을나) 중의 하나

제 소개를 깜박했습니다. 부명준입니다. 고유진 님과 저는 고향이 같습니다.

피켓에 쓰인 글씨가 떠올랐다. 너무 익숙해서 무심결에 읽어 넘겼지만 비뚤비뚤한 그 글씨는 고향 말이었다.

할아방? 아즈방?

내가 물었다.

결혼했으니 아즈방도 되고, 손녀가 셋 있으니 할아방도 됩니다.

알았어요. 할아방. 그리고요, 저 넹바리 아니거든요.

고개를 돌리며 슬쩍 본 사이드 미러 속에서 그가 소리 없이 웃었다. 넘어진 초승달 모양으로 눈이 작아졌고 혜성 꼬리 같은 주름이 눈가에 길게 잡혔다.

오키나와 현립 예술대학에 도착했을 때 시각은 두 시가 넘어 있었다. 저녁에 열릴 공연을 앞두고 진행되는 리허설은 세 시로 예정되어 있었다. 차 트렁크에서 캐리어를 내리며 그가 늦어진 점심 식사 걱정부터 했다.

가서 도시락이라도 사 오겠습니다. 공연장은 저 건물입니다.

그가 손가락으로 붉은 벽돌 건물을 가리켰다.

이 층으로 올라가면 됩니다.

내가 고개를 끄덕이자 그가 잰걸음으로 대학 정문 쪽으로 향했다. 키에 비해 몸이 마르고 어깨가 굽지 않아서인지 뒷모습은 중년 남자 같았다. 이발 시기를 살짝 놓친 듯한 뒷머리는 검은 머리카락이 제법 많아 자연스레 반백을 이루고 있었다. 나는 캐리어를 끌며 벽돌 건물 쪽으로 걸었다. 오키나와 현립 예술대학은 내가 다니는 대학과 자매 학교였다. 대학이 있는 두 도시 또한 자매 도시였다. 지역 장학생 제도가 없었다면 고향의 대학에 진학하지도 않았을 테고 이렇게 학교 대표로 자매 대학의 행사에 참석할 일도 없었을 것이다. 초등학교 특별 수업 때 두 섬에 대해 배운 적이 있다. 두 섬 모두 본토의 남단에 위치해 기후가 온화한 관광지라는 것과, 아주 오래 전에는 탐라와 류큐로 불리던 작은 독립 국가였으며 지금은 평화의 섬이란 슬로건을 함께 쓴다는 정도가 기억의 전부였다. 중고등학교 국사 시간에는 두 섬의 비극에 대해 좀 더 들었지만 가물가물했다.

리허설이 끝나도록 그는 보이지 않았다. 나는 연습용 타이즈 위에 트레이닝복을 껴입고 복도로 나갔다. 목을 길게 뺀 그가 내 쪽을 향해 팔을 크게 흔들었다. 그의 자리로 오후 볕이 길게 들이치고 있었다. 은빛 머리칼이 반짝였다. 그는 서둘러 빈자리에 도시락을 풀어 놓았다.

멀지 않은 곳에 오니기리가 맛있는 집이 있습니다. 비바리가 좋아할 만한 것으로 사 왔습니다.

오니기리?

오니기리는 그러니까.

그가 대답 대신 도시락 뚜껑을 열었다. 나는 픽 웃어버렸다.

아, 주먹밥.

맞습니다. 주먹밥, 주먹밥. 잘 안 쓰는 말은 자꾸 잊어버립니다.

나는 그중 하나를 골라 먹어보았다. 짭조름한 맛이 났다. 밥 가운데 간장과 설탕에 졸인 작은 조갯살이 들어 있었다. 맛있었다. 내 표정을 읽은 그가 싱긋 웃었다.

이건 된장국이고 이건 생강 절임입니다. 그리고 이건. 이걸 마셔보세요.

그가 종이컵에 따른 차를 내게 내밀었다.

드셔보세요. 비바리 피부에 좋습니다.

빛깔은 녹차 우린 색에 가까웠다.

여주차입니다. 여주는 오이와 비슷하게 생겼습니다.

나는 코를 컵에 대고 킁킁대다 한 모금 마셔보았다. 그러고는 바로 혀를 내빼며 과장되게 캑캑거렸다.

아우, 써.

나는 얼른 주먹밥 한 입을 베어 물었다.

그렇게 맛이 없습니까?

쓰고 떫고. 뭔 맛이 이래요?

미안합니다. 처음 만든 거라 그렇습니다. 당뇨에 좋대서 매년 아내가 만들어 주었는데 올해는 제가 직접 만들었습니다.

나는 입술을 안으로 말아 물며 도로 앉았다. 더 캐물으면 서로 곤란해질 것 같았다. 밥을 대충 씹어 넘겼다. 그가 내 손에 들린 종이컵을 거둬가며 물었다.

고유진 님, 내일 가고 싶은 곳이 있습니까?

음, 오키나와에 아주 큰 수족관이 있대요. 거기에 가보고 싶어요. 그리고 쇼핑도 해야 해요. 살 게 많거든요.

수족관은 섬의 북쪽 끝에 있습니다. 한 시간 정도 걸리니 오전 중에 다녀올 수 있을 겁니다. 쇼핑은 시내가 편하고 가격도 쌉니다.

우리는 주먹밥을 하나씩 더 먹었다. 둘 사이로 잠시 침묵이 흘렀다.

할아방.

내가 부르자 그가 돌아보았다.

할아방은 여기서 오래 살았어요?

오십 년 가까이 살았지요.

내가 눈을 크게 뜨며 돌아보자 그가 옅은 웃음을 보였다.

참 오래 살았지요?

나는 고개를 끄덕였다.

여기서만요?

거의 그렇습니다. 아내가 이곳 사람입니다.

그에 관한 퍼즐 조각 하나를 찾은 기분이 들었다.

아내와는 오사카에서 만났습니다. 오키나와에는 결혼 허락을 받기 위해 처음 왔습니다. 물론 그때까지만 해도 이곳에 살 생각은 전혀 없었습니다.

그런데 왜요?

내가 물었다. 궁금해서라기보다는 의례적인 질문이었다.

두 가지 이유가 있습니다. 하나는 아들이 없는 처가의 가업인 고서점을 이어받기 위해서였습니다.

데릴사위요?

맞습니다. 작년부터는 둘째 사위가 운영하고 있습니다. 4대째죠.

4대째요? 굉장하네요. 그리고 다른 하나는요?

수족관에서 멀지 않은 곳에 그 이유가 있습니다. 괜찮다면 고유진 님에게도 보여드리고 싶습니다. 덮밥이 맛있는 식당도 그 근처에 있습니다. 가보겠습니까?

나는 대답 대신 엄지와 검지로 동그라미를 만들어 보였다.

내가 입만 댄 여주차는 그가 마저 마셨다.

할아방은 안 써요?

씁니다.

그가 종이컵을 쥔 채 대답했다.

하지만 쓰다고 다 뱉을 수야 있나요. 참고 삼켜야 할 때도 있습니다.

때로 어른들의 말은 부처님 말씀 같아서 알 듯 말 듯하다. 그의 말도 그랬는데 쓰다 달다의 사전적 뜻이 전부가 아닌 것만은 분명했다. 나는 두 손을 털며 자리에서 일어섰다,

할아방. 공연 볼 거죠?

나는 빈 용기들을 비닐봉지에 주워 담았다. 그가 엉거주춤 따

라 일어섰다.

봐도 괜찮습니까?

당연하죠.

그가 고개를 저었다.

그런데 나는 춤에 대해 하나도 모릅니다.

춤을 알고 보나요? 그냥 느끼는 거죠.

나는 어깨를 가볍게 들어 올렸다. 그는 내 앞에서 두 손을 맞잡고 몹시 진지한 얼굴로 서 있었다. 빛 속에 담긴 그가 이상하게도 어둡고 쓸쓸해 보였는데 꼭 오래된 사진 속의 옛날 사람 같았다.

내 순서는 대만에서 온 남학생 뒤였다. 흰 무명 저고리에 무릎까지 오는 검은 통바지의 옛 해녀복을 입은 내가 신기했는지 남학생이 힐끗 쳐다보았다. 나는 머리에 두른 물수건과 물안경을 매만지고는 무대와 연결된 계단으로 올라섰다. 박수 소리가 가라앉기를 기다려 스태프가 내게 신호를 보냈다. 나는 옆구리에 테왁을 끼고 발끝걸음으로 무대 위로 올라갔다. 중앙의 핀 조명 아래 흰 테왁을 내려놓고 무대 뒤쪽으로 물러섰다. 허리를 접고 두 손으로 어깨를 감싸고 발끝으로 몸을 띄운 후 숨을 골랐다. 이내 파도 소리가 들리며 핀 조명이 들어왔다. 나는 큰 원을 그리며 테왁 쪽으로 무겁고 느리게 걸었다. 가는 휘파람 소리에 맞춰 걸음은 빨라지고 보폭은 커졌다. 팔을 벌려 바다를 파고들 듯 크게 움직였다. 무대 중앙에 이른 나는 테왁을 향해 갈구하듯 두 팔을 길게 뻗었다. 고요해진 무대 위로 호이 호이, 깊고 긴 숨비소리가 들렸다. 나는 한껏 말았던 몸을 펼치며 빠르고 격렬한 춤사위의 리듬을 타기 시작했다.

무대에 불이 들어왔다. 나는 테왁을 가슴에 안고 객석을 향해 감사 인사를 했다. 꽉 찬 앞쪽 객석에 비해 뒤쪽은 빈자리가 많았다. 나는 고개를 들어 무대 뒤쪽을 살폈다. 맨 끝 가장 어두운 자리에 그가 앉아 있었다. 그는 박수도 치지 않고 고개를 숙이고 있었다. 좁은 어깨가 더 좁아 보여서 마치 의자에 함몰된 모습이었다. 그가 내 춤도 보지 않고 졸았다는 생각에 기분이 나빠졌다. 입꼬리가 절로 실룩거렸다. 암전된 무대를 내려와 대기실로 들어서며 다시 한 번 돌아보았다. 그제야 그가 고개를 반쯤 들었다. 손등으로 눈가를 훔치고 있었다.

여깁니다.

그가 차를 세운 곳은 마을의 가장 안쪽, 작은 농가 앞이었다. 마을은 학교에서 한 시간여 떨어진 곳에 있었다. 오는 내내 길 한편으로 밤바다가 보였고 포도알 같은 마을들이 바다 줄기를 따라 듬성하게 매달려 있었다. 고향과 흡사한 풍경이었다. 집은 작고 오래돼 보였지만 안팎으로 청소가 잘되어 깨끗했다.

기숙사보다는 여기가 편할 겁니다.

할아방 집이에요?

나는 짐을 내리는 그의 옆에 붙어 서서 물었다.

아닙니다. 오랜 이웃입니다. 할머니 혼자 사세요.

그가 트렁크를 닫고는 옛날식 초인종을 눌렀다.

왜 할아방 집으로 안 가고요?

고유진 님. 나는 혼자 삽니다. 아내는 작년에 떠났고 딸 둘은 결혼해서 나갔고요. 아무리 할아방이라도 혼자 사는 남자 집에 비바리를 재울 수는 없어요.

그가 손녀 달래듯 조곤조곤 말했다.

쪽문이 열리고 할머니 한 분이 나왔다. 앞치마를 두르고 카디건을 걸친 모습이 일본 애니메이션에 흔히 등장하는 작고 귀여운 인상의 할머니였다. 할머니가 내게 두 손을 내밀었다. 나는 얼떨결에 내민 손을 잡았다.

아침 식사까지 부탁해 두었습니다. 내일 9시쯤에 오겠습니다.

잠깐만요.

나는 가방에서 서류봉투를 꺼내 그에게 내밀었다.

이거 할아방 꺼 맞죠?

그의 얼굴에 반가운 그늘이 졌다.

맞습니다. 덕분에 편하게 받습니다. 고맙습니다.

그가 두 손으로 봉투를 받아 들었다. 봉투에는 사회재단의 이름이 인쇄 되어 있었다.

교수님이 잘 전해야 한다고 신신당부 하셨어요.

유창한 일본어로 할머니와 몇 마디를 나눈 그가 차를 세워둔

쪽으로 돌아갔다. 그보다 큰 그림자가 골목으로 길게 늘어졌다. 나는 문득 그가 끈 떨어진 연 같다는 생각이 들었다. 어쩌다가 여기까지 날려 왔을까. 나는 그의 작은 차가 골목을 완전히 빠져나갈 때까지 그 자리에 서서 지켜보았다.

수족관에서 나오니 이미 점심때였다. 귀국 항공편은 저녁이었으므로 시간은 넉넉했다. 그는 그곳에서 십여 분 거리의 해변에 있는 작은 식당으로 나를 데려갔다. 나는 돈가스 덮밥을, 그는 카레 덮밥을 시켰다. 나는 고형 카레도 꼭 사야 한다고 그에게 말했고 그는 가장 맛있는 카레로 골라주겠다고 대답했다. 내가 사야 할 목록을 적은 종이를 보여주자 그는 가방 안에 다 들어갈 수 있을지 모르겠다며 염려했다. 식사를 마치고 우리는 해변으로 내려갔다. 바다는 큰 복주머니 모양으로 육지 깊숙이 들어앉아 있었다. 바람이 불어 흰 모래가 레이스 자락처럼 날렸다. 모래에 섞인 조개 가루가 햇빛에 반짝였다.

해변의 저쪽 끝입니다.

그가 손으로 해변의 바깥쪽을 가리켰다. 낮은 언덕이 있었다. 그 위로 키 작은 나무가 드문드문 보였다. 우리는 해변을 따라 걸었다. 바람은 적당했고 날은 포근했다. 내가 가볍게 휘파람을 불자 그가 돌아봤다.

어제 공연에 나왔던 휘파람이군요.

외할머니가 해녀셨어요. 그 휘파람, 할머니가 직접 불어주신 거예요. 전 잘 못 불어요.

계속 불어주세요. 듣고 싶습니다.

그가 앞장서 걸었다. 나는 그의 뒤를 따라 걸으며 휘파람을 불었다. 파도 소리가 섞여 들어 화음이 되었다.

아름다운 춤이었습니다. 감동적이었어요.

그가 돌아보지 않고 말했다. 발치를 보며 묵묵히 걷고만 있었다.

그렇죠?

나는 그를 앞질러 걸어가며 장난삼아 춤의 한 대목을 추었다. 아주 짧았기 때문에 그가 보았는지는 모르겠다. 수평선 위로 배 한 척이 보였다.

배 지나가요.

내가 소리치자 그가 고개를 돌려 먼 바다를 보았다.

관광 크루즈입니다. 상해에서부터 왔을 겁니다.

여신의 이름을 한 흰색 크루즈는 종이배처럼 가벼워 보였다. 그가 물었다.

고유진 님, 흘수선이 보입니까?

흘수선? 그게 뭔데요?

저기, 배 아래쪽에 선 하나 보이지요?

그의 말대로 배의 아래쪽에 남색으로 칠해진 긴 선이 있었다. 물에 잠긴 부분의 바로 위쪽이었다.

가로선이요?

네. 그 선의 이름이 흘수선입니다.

아. 나는 고개를 끄덕이다가 이어 물었다.

무슨 뜻인데요?

저 선 위로는 물이 차면 절대 안 된다는 표시입니다.

왜요?

침몰할 수 있기 때문입니다.

아……. 나는 고개를 끄덕이며 멀어지는 배를 보았다. 무거운 침묵을 깨고 그가 입을 열었다.

선을 지킨다는 게 그렇게 어려운 일일까요?

혼잣말에 가까운 그의 말은 비감했다. 그때 나는 대학교 2학년이었고 스물한 살이었으며 딱 그 나이만큼의 지름만을 가지는 좁은 세상에 살고 있었다. 생장에 가까운 시기였다. 그로부터 몇 년 후 TV 생중계로 침몰하는 배를 보았다. 누운 배의 옆면에는 흘수선이 또렷했다. 순간 그와 그의 말이 떠올랐다. 선을 지킨다는 게 그렇게 어려운 일일까요. 그때의 나는 그가 말한 선의 의미를 하나로만 이해했다. 그가 말한 선의 진짜 의미는 무엇이었을까.

가까이서 보니 언덕은 생각보다 많이 가팔랐다. 꼭대기에 올라 바라본 바다 끝에 수평선이 걸려 있었다. 저 너머에 고향이 있다고 생각하자 마음이 뭉클했다. 그는 언덕에서도 조금 더 들어간 곳에 서 있었다. 나는 그에게 다가갔다. 아, 나는 작게 외쳤다. 그곳은 공동묘지였다. 키 작은 나무라고 생각했던 것들은 비석이었다. 오십여 개의 비석은 크기나 모양에 정해진 규칙 없이 여기저기 흩어져 있었다. 버려진 묘지였다. 비석 대부분이 해풍과 세월에 닳아 새겨진 글씨조차 알아보기 어려울 정도였다. 그가 그중 가장 오래돼 보이는 작은 비석을 가리켰다.

보세요.

그가 비켜서며 말했다. 나는 허리를 숙여 손바닥으로 글자 위를 훑었다. 모래 먼지가 묻어났다. 글자는 희미했지만 어려운 한자는 아니었다. 朝鮮人 無名男之墓, 1949

조… 선… 인.

나는 놀라움과 반가움이 섞인 얼굴로 그를 돌아봤다. 그가 고개를 끄덕였다.

여기? 오키나와에요?

나는 손가락으로 땅을 가리켰다.

그러니까 조선인, 한국인이 살았다구요?

그가 고개를 끄덕였다. 그리고 이내 저었다.

떠내려왔습니다.

네? 떠내려오다뇨?

나는 되묻고는 곰곰이 생각해보았다.

그럼, 표류한 거예요?

그는 다시 고개를 가로저었다. 그러고는 몸을 비스듬히 돌려 해변 쪽을 가리켰다.

저기를 잘 보십시오.

나는 몸을 세워 그가 가리키는 쪽으로 시선을 돌렸다. 썰물 때인지 물이 빠져 백사장은 더 넓어 보였다. 다른 곳에 비해 더 오목하게 들어앉은 해변이라는 점을 빼고는 특별할 게 없었다. 나는 실눈을 뜨고 백사장을 꼼꼼히 훑었다.

저게 뭐지?

나는 손차양으로 볕을 가리며 백사장 가운데를 주의 깊게 보았다. 돌무더기가 길게 담처럼 쌓여 있었다. 군데군데 허물어져 있었지만 전체적으로 아기 머리띠 비슷한 모양이었다. 자연적이라고 보기는 어려웠다.

보입니까?

그가 물었고 내가 고개를 끄덕였다.

독살입니다. 고향에서는 원이나 원담으로 부릅니다.

그럼, 고향에도 저게 있다는 거예요?

그가 고개를 끄덕였다.

몇 곳에 원형이 남아 있다고 들었습니다.

나는 한쪽 눈을 감고 엄지와 검지로 원담의 길이를 가늠해 보았다.

방파제 같은 건가요?

내가 물었다.

돌로 만든 그물이라고 생각하면 됩니다.

어떻게요?

밀물에 들어온 물고기들이 원에 갇히면 썰물이 되어도 빠져

나가지 못합니다. 그 원리를 이용한 거죠.

확실히 물이 멀리까지 빠져 있는데도 원 안쪽에는 물이 자작하게 고여 있었다. 그의 말이 맞았다.

그렇다면 조선인은…….

그는 여기에 살았던 게 아닙니다. 몇십 년 전에 어디서부턴가 떠내려왔고 저기에 걸렸던 겁니다.

난파한 배의 선원이었을까요?

그는 고개를 저었다.

아마 아닐 겁니다. 그리고 거기에 제가 오키나와에 살게 된 이유가 있습니다.

그가 손목시계를 들여다보았다.

시간이 많이 지났습니다. 쇼핑을 하고 공항으로 이동하려면 이제 가야 합니다.

그가 올라왔던 길의 반대편으로 걸어 내려갔다. 나는 다시 비석을 들여다보았다. 조선인, 1949년. 해풍에 돌과 글자가 이만큼 닳을 수 있는 시간, 그만큼의 시간 이전에 조선인 무명남은 어디에 있었던 것일까. 왜 여기까지 떠내려온 것일까. 나는 그가 사라진 언덕을 어슷거리는 걸음으로 내려갔다. 발치에서 마른 모래가 풀썩였다. 조개 가루가 들어갔는지 눈이 따끔거렸다.

해안도로를 타고 돌아오는 차 안에서 그에게 들은 이야기는 길었다. 차가 쇼핑센터의 주차장에 들어섰을 때 그의 이야기도 끝났다. 일부러 속도를 맞추기라도 한 것처럼. 시동을 끄고 핸들에서 손을 내리며 그는 깊은 숨을 쉬었다.

그가 아내와의 결혼 허락을 받기 위해 처음 오키나와에 왔을 때 아내의 아버지, 그러니까 그의 장인은 그가 한국인이란 말을 듣더니 그를 그곳으로 데려갔다고 했다. 아내의 집안은 오키나와 토박이였고 그의 장인은 고서점을 운영하는 향토사학자였다. 그가 나에게 했던 것처럼 그에게 비석과 원담을 보여준 장인은 그 비석의 유래에 대해 이렇게 말해주었다. 1949년, 죽은 사람 하나가 떠내려와 원담에 걸려 있었는데 흰 무명 저고리로 조선 사람이란 걸 알았으며 원혼을 달래기 위해 마을 사람들이 묘를 만들고 비를 세웠다고 했다. 그 또한 나와 똑같은 질문을 던졌다. 좌초한 배의 선원이 아니었을까요. 장인은 고개를 저으며 확실치 않지만 뭔가 사연이 있는 이가 분명하다고 했다. 그가 그 이유를 묻자 장인은 이렇게 말했다. 흰 무명 저고리의 옷고름에 다른 이의 옷고름이 묶여 있었네. 바래긴 했지만 잔 꽃이 수놓아진 옷고름이었어. 두 옷고름은 단단히 묶여 있었어. 여자는 인근 어디서도 발견되지 않았네.

결혼 허락을 받고 오사카로 돌아온 그는 장인으로부터 들은 이야기를 잊을 수가 없었다고 했다. 그는 그 조선인 무명남이 그와 무관하지 않을 거란 생각이 강하게 들었고 결국 그 생각을 떨쳐버리지 못해 결혼 오 년 후 오키나와로 내려와 지금까지 살게 되었다고 했다.

고향을 위에 이고 남쪽의 이 섬에서 오십 년을 살았습니다. 이곳은 아내의 고향이고 아이들의 고향이고 이젠 나의 고향이기도 합니다.

그의 이야기를 듣는 동안에 나는 딱 한 번 질문을 했다. 그 질문은 이야기의 반환점 같은 것이어서 묻지 않을 수 없었다. 마침 차는 정지 신호에 걸려 있었고 그는 신호를 뚫어지게 바라보았다. 붉은색이 유난히 선명했다. 그는 잠시 대답을 미뤘다. 신호가 초록색으로 바뀌었다. 그가 액셀을 밟으며 말했다.

나는 그가 내 아버지라고 생각합니다.

http://www.jeju43peace.or.kr/동영상 자료/
집단 학살, 부명준, 70세 (당시 9세)

달도 미처 숨지 못한 밤이었습니다. 보름이었고 달은 서럽게 밝았습니다. 사람들이 바닷가에 내몰려 있었습니다. 저는 한 소녀를 바라보았습니다. 작고 하얀 얼굴이 달빛 아래 도드라졌습니다. 감잎색 저고리의 짧은 꽃무늬 고름이 바람에 대롱거렸습니다. 소녀는 스무 살도 채 되지 않았습니다. 모래밭에 횡으로 늘어선 이십여 명의 또래 소녀들은 몸을 떨며 다닥다닥 붙어 있었습니다. 몇 개의 총부리가 소녀들의 가슴팍을 쿡쿡 찔렀습니다. 미처 덜자란 가슴을 감싸며 한 소녀가 몸을 비틀었습니다. 총부리가 가차 없이 소녀의 어깨, 옆구리, 허벅지로 날아들었습니다. 겁먹은 소녀들이 뒷걸음질 쳤지만 물러날 곳은 없었습니다. 모래밭에는 열 명이 넘는 젊은 남자들이 얼굴만 내놓은 채 묻혀 있었습니다. 그들은 울부짖을 수 있었지만 몸부림칠 수는 없었습니다. 내몰린 소녀들 중 한 명이 갑자기 무리에서 빠져나와 달리기 시작했습니다. 잡고 있던 할머니의 손이 돌처럼 단단해졌습니다. 소녀는 검은 머리들 사이를 달렸습니다. 그 끝에는 밀물이 시작된 바다뿐이었습니다. 도망칠 곳은 없었습니다. 제 손으로 판 구덩이에 파묻힌 검은 머리들이 밀물에 서서히 잠기고 있었습니다. 소녀는 모래밭 가장 깊숙한 곳에 다다랐습니다. 소녀는 한 구덩이 앞에 무너지듯 주저앉았습니다. 검은 머리는 고개를 가로젓지도 못했습니다. 소녀는 두 손을 호미처럼 말아 세워 모래를 파기 시작했습니다. 손톱 밑으로 파고든 모래가 살을 찢는 줄도 몰랐습니다. 소녀는 맹렬히 모래를 팠습니다. 총부리가 다가왔습니다. 멈춰. (사이) 소녀는 밀물을 한 번 보고 검은 머리를 한 번 보고 총부리를 한 번 보았습니다. 손끝에 검은 머리의 옷고름이 달려 나왔습니다. 총부리가 소녀의 관자놀이에 닿았습니다. 움직이지 마. 쏜다. 총부리가 말했습니다. 소녀는 잰 손놀림으로 제 옷고름과 검은 머리의 옷고름을 단단히 묶었습니다. 소녀는 검은 머리를 향해 고개를 힘주어 끄덕였습니다. 쇠 당기는 소리가 들렸습니다. (사이) 모든

게 순식간이었습니다. 소녀가 조릿대 꺾이듯이 풀썩 쓰러졌습니다. 연이어 총성이 들렸고 놀라 흩어지던 소녀들도 하나 둘 쓰러졌습니다.

갈매기조차 울지 않는 밤이었습니다. 소리 내는 것들은 다 죽여 버린다고 총부리가 말했기 때문입니다. 검은 머리의 부릅뜬 눈에서 눈물이 흘렀습니다. 벌어진 입에서 절규가 흘렀습니다. 검은 머리의 목구멍으로 물이 흘러들었습니다. 저는 울음을 씹으며 선 채로 오줌을 지렸습니다. 할머니가 저를 당겨 치마폭 아래 묻었습니다. 무섭도록 큰 소리가 들렸습니다. 고운 것도 젊은 것도 반동이다. (사이) 그날 밤 마을에서는 많은 사람들이 죽었습니다. 앞집은 아들 셋을 모조리 잃었고 뒷집은 도망간 큰아들과 어린 막내딸만 간신히 살아남았습니다. 시집간 지 한 해 만에 남편을 잃은 친구의 누나는 남편을 따라 목숨을 끊었습니다. 저는 아버지와 큰고모를 잃었습니다. 그 밤, 밀물은 모든 것을 덮어 버렸습니다. 다음 날 물이 빠지자마자 어머니와 할머니가 바닷가로 달려 나갔습니다. 저는 울며 뒤쫓았습니다. 모두가 맨발이었습니다. 여전히 바다는 깊었고 모래밭은 넓었습니다. 하지만 아무도, 아무것도 남아 있지 않았습니다. 수평선 근처에서 갈매기만이 맴을 돌고 있었습니다. 발에 무언가 밟혔습니다. 거꾸로 박힌 총알이었습니다. 누구의 심장을, 누구의 머리를 관통하고 버려진 것이었습니다. 저는 그 총알을 움켜쥐었습니다. 그리고 다 크도록 지니고 있다가 고향을 떠나기 전날 그 바다에 도로 묻었습니다.

우리는 국제거리의 식당에서 이른 저녁으로 스테이크를 먹었다. 오래전 미군이 주둔하던 때부터 발달한 음식 문화라고 그가 말해주었다. 맥주 한 잔을 시켜 반씩 나눠 마셨다. 식사를 마친 후 근처 쇼핑센터로 가 필요한 선물을 샀다. 첫 해외여행이라 생각나는 사람도, 챙겨야 할 사람도 많았다. 이것저것 사다 보니 그의 말대로 캐리어에 다 들어갈 수 있을지 염려가 되었다. 민속품 가게에 들렀을 때 그가 내게 시샤 한 쌍을 사 주었다. 시샤는 사자입니다. 액을 막아주기 때문에 기념품으로 많이들 사 갑니다. 그가 말했다.

우리는 어제 지났던 길을 거꾸로 달려 공항으로 향했다. 겨우 하루가 지나 있었다. 차를 탈 때마다 나는 매번 운전석 문을 열었고 그는 똑같이 아닙니다, 아닙니다, 라고 외쳤다. 모든 걸 이해하고 익히기에 이틀은 턱없이 부족한 시간이다. 그가 차에 타는 내 머리를 손으로 보호할 때마다 마음이 뭉글한 것 또한 마찬가지여서 나는 부러 아닌 척을 해야 했다.

공항까지는 금방이었다. 그는 나를 출국장 앞에 내려주었다. 쇼핑한 물건들을 간신히 욱여넣고 캐리어를 닫았을 때 주차를 마친 그가 돌아왔다. 그가 불룩한 캐리어의 배를 툭툭 두들겨 보았다.

할아방.

그가 마른 손을 부비며 나를 보았다.

이거 가지실래요?

그의 초승달 눈이 반달이 되었다.

테왁을요? 공연에 쓰는 건데…….

나는 가만히 고개를 끄덕였다.

그렇긴 한데 가방도 꽉 찼고. 또 집에 몇 개 더 있기도 하고.

그렇습니까? 그럼 다음에 다시 꼭 오세요. 그때까지만 맡아 두겠습니다.

그가 테왁을 받아 안았다. 그의 가슴께에서 테왁이 숨을 따라 오르내렸다. 숨비소리 같은 그의 숨이 호이 호이. 나도 모르게 춤 추듯 발끝이 올라갔다.

*

이야기를 끝낸 고유진이 다시 옷고름을 만지작거렸다. 끊어진 꽃무늬 고름이었다. 나는 고개를 끄덕였다. 그녀가 희미하게 웃었다. 그래서 오키나와 해녀춤엔 테왁이 없어요. 그녀가 잔을 들었다. 얼음은 다 녹고 없었다. 그녀는 묽어진 아이스티를 조금씩 나눠 마셨다. 컵 표면에 맺혀 있던 물방울이 꽃고름 위로 툭 떨어졌다. 꽃고름 위로 물자국이 번졌다.

영국의 저널리스트인 필립 나이틀리는 저서 『최초의 희생자』에서 이렇게 말했다.

전장에서 최초의 희생자는 병사가 아니라 진실이다.

작가의 말

고1 때 첫 소설을 썼다
동성애 비슷한 이야기였다
소설을 읽은 국어 선생님이 한숨을 쉬었다
소설은 그해 겨울, 교지에 실렸다
파격적 소재였음을 이제 안다
가라던 국문과는 가지 않았지만
먼 길을 돌아 다시 소설을 쓰고 있다
관대했던 국어 선생님께 감사드린다

아버지는 젊어 한 여자를 좋아했다
사모의 마음을 시로 써 두었다
시집온 어머니가 시와 여자의 사진을 찢어버렸다
아버지는 말없이 조각들을 주워 주머니에 넣었다
늙은 어머니는 더는 시기하지 않는다
아버지의 시심(詩心)만이 온전히 내게 남았다
나는 그 시심(詩心)을 깊이 사랑한다

한때 사랑을 했고 지금은 끝났다

J 공항에서 헤어지며 소설을 쓰겠다고 말했다
일년 후 문자가 왔다 내 소설을 읽었다고
답장하지 않았다 대신 술을 마셨다

소설을 쓰는 자리가 있다
바다가 보이는 오래된 도서관
노트북 44번 책상
불길한 숫자지만 이 자리에서 등단작을 썼다
그 무엇도 약속할 수 없다
계속 쓰겠다

파괴의 신 시바의 아들,
몸은 인간 머리는 코끼리
지혜와 예술의 신
나의 수호신
—가네사에게
Om Gam Ganapatiye Namaha

수록작품 발표지면

쥐 (2016 국제신문 신춘문예 당선작)

명상의 시간 (월간 『한국소설』 2016 7월호, 2017 『신예작가』)

볼리비아 우표 (제24회 신라문학대상 당선작)

스위치 (계간 『동리목월』 2013 봄호)

어둠에 묻힌 밤 (격간 『소설 21세기』 2018 겨울호)

편서풍 (계간 『동리목월』 2017 봄호)

오키나와 데이트 (격간 『소설 21세기』 2018 여름호)

강이라

제24회 신라문학대상에 단편 소설 「볼리비아 우표」가, 2016년 국제신문 신춘문예에 단편 소설 「쥐」가 당선되면서 작품 활동을 시작했다.
『소설 21세기』 동인이며, 온다 리쿠(おんだりく) 전작주의자이다.

:: 산지니 · 해피북미디어가 펴낸 큰글씨책 ::

문학

북양어장 가는 길 최희철 지음
지리산 아! 사람아 윤주옥 지음
지옥 만세 임정연 지음
보약과 상약 김소희 지음
우리들은 없어지지 않았어 이병철 산문집
닥터 아나키스트 정영인 지음
팔팔 끓고 나서 4분간 정우련 소설집
실금 하나 정정화 소설집
시로부터 최영철 산문집
베를린 육아 1년 남정미 지음
유방암이지만 비키니는 입고 싶어
미스킴라일락 지음
내가 선택한 일터, 싱가포르에서 임효진 지음
내일을 생각하는 오늘의 식탁 전혜연 지음
이렇게 웃고 살아도 되나 조혜원 지음
랑(전2권) 김문주 장편소설
데린쿠유(전2권) 안지숙 장편소설
볼리비아 우표(전2권) 강이라 소설집
마니석, 고요한 울림(전2권)
페마체덴 지음 | 김미헌 옮김
방마다 문이 열리고 최시은 소설집
해상화열전(전6권) 한방경 지음 | 김영옥 옮김
유산(전2권) 박정선 장편소설
신불산(전2권) 안재성 지음
나의 아버지 박판수(전2권) 안재성 지음
나는 장성택입니다(전2권) 정광모 소설집
우리들, 킴(전2권) 황은덕 소설집
거기서, 도란도란(전2권) 이상섭 팩션집
폭식광대 권리 소설집
생각하는 사람들(전2권) 정영선 장편소설
삼겹살(전2권) 정형남 장편소설
1980(전2권) 노재열 장편소설
물의 시간(전2권) 정영선 장편소설
나는 나(전2권) 가네코 후미코 옥중수기
토스쿠(전2권) 정광모 장편소설
가을의 유머 박정선 장편소설
붉은 등, 닫힌 문, 출구 없음(전2권)
김비 장편소설
편지 정태규 창작집
진경산수 정형남 소설집
노루똥 정형남 소설집
유마도(전2권) 강남주 장편소설
레드 아일랜드(전2권) 김유철 장편소설
화염의 탑(전2권) 후루카와 가오루 지음 |
조정민 옮김
감꽃 떨어질 때(전2권) 정형남 장편소설
칼춤(전2권) 김춘복 장편소설
목화-소설 문익점(전2권) 표성흠 장편소설
번개와 천둥(전2권) 이규정 장편소설
밤의 눈(전2권) 조갑상 장편소설
사할린(전5권) 이규정 현장취재 장편소설
테하차피의 달 조갑상 소설집
무위능력 김종목 시조집
금정산을 보냈다 최영철 시집

인문

범죄의 재구성 곽명달 지음
역사의 블랙박스, 왜성 재발견
신동명 · 최상원 · 김영동 지음
깨달음 김종의 지음
공자와 소크라테스 이병훈 지음
한비자, 제국을 말하다 정천구 지음
맹자독설 정천구 지음
엔딩 노트 이기숙 지음

시칠리아 풍경 아서 스탠리 리그스 지음 | 김희정 옮김
고종, 근대 지식을 읽다 윤지양 지음
골목상인 분투기 이정식 지음
다시 시월 1979 10 · 16부마항쟁연구소 엮음
중국 내셔널리즘 오노데라 시로 지음 | 김하림 옮김
파리의 독립운동가 서영해 정상천 지음
삼국유사, 바다를 만나다 정천구 지음
대한민국 명찰답사 33 한정갑 지음
효 사상과 불교 도웅스님 지음
지역에서 행복하게 출판하기 강수걸 외 지음
재미있는 사찰이야기 한정갑 지음
귀농, 참 좋다 장병윤 지음
당당한 안녕-죽음을 배우다 이기숙 지음
모녀5세대 이기숙 지음
한 권으로 읽는 중국문화 공봉진 · 이강인 · 조윤경 지음
차의 책 The Book of Tea 오카쿠라 텐신 지음 | 정천구 옮김
불교(佛敎)와 마음 황정원 지음
논어, 그 일상의 정치(전5권) 정천구 지음
중용, 어울림의 길(전3권) 정천구 지음
맹자, 시대를 찌르다(전5권) 정천구 지음
한비자, 난세의 통치학(전5권) 정천구 지음
대학, 정치를 배우다(전4권) 정천구 지음